DER TOTE AUS DEM HIMMEL

HANNAH HUSUM

KAPITEL EINS

Händchenhaltend stapften Erika und Hermann durch den feuchten Sand. Normalerweise verbrachten sie anlässlich ihres Hochzeitstags ein verlängertes Wochenende auf Amrum, ihrer Lieblingsinsel. Für ihr diesjähriges Jubiläum – sie waren jetzt immerhin vierzig Jahre verheiratet – hatten sie sich ganze zwei Wochen im Haus Kap Hoorn in Wittdün eingemietet, das einzige Ferienhaus in unmittelbarer Strandnähe, das Haustiere erlaubte. Ihre Kinder hatten zusammengelegt und ihnen vierzehn Tage Auszeit an ihrem Lieblingsort geschenkt.

»Waldi! Jetzt zieh doch nicht so!«, rief Erika gegen den Wind an, der vom Meer herüberwehte und ihre Frisur bereits in Mitleidenschaft gezogen hatte. Um Schlimmeres zu vermeiden, zog sie sich die Kapuze ihrer Jacke über den Kopf und lief ihrem Dackel hinterher. Sie ließ die Hand ihres Mannes los, denn Hermann war nicht mehr so gut zu Fuß.

Waldi blieb stehen, legte die Ohren an und fing an zu knurren.

»Was hast du denn, mein Kleiner?«, fragte Erika und sah sich um, doch außer Sand vor ihr, dem Meer auf der rechten Seite und der Düne mit dem hohen Gras links, war weit und breit nichts zu sehen. Ihr Blick blieb an dem Sandhügel hängen, wo ein ganzer Möwenschwarm kreischend über dem Dünengras in der Luft kreiste. Erst heute beim Mittagessen hatte ihnen der Kellner erklärt, was es mit dem Strandhafer auf sich hatte. Seit vierzig Jahren kamen sie und Hermann jetzt auf die Insel, aber von Strandhafer hatten sie noch nie gehört. Wenn sie sich recht erinnerte, dann diente dieses Gras nicht nur als Sichtschutz für Badegäste, sondern war zudem die wichtigste Waffe der Küstenschützer gegen Wanderdünen und Sandflug.

»Erika, wo willst du denn hin?«, rief ihr Hermann hinterher, der inzwischen zu ihr und Waldi aufgeschlossen hatte. »Wir sollten langsam umkehren.« Er deutete auf die dunklen, dichten Wolken, die auf sie zurollten.

Der kleine Dackel kämpfte sich entschlossen durch den Sand, in Richtung der Möwen.

»Ich weiß nicht, was er hat!« Erika drehte sich um und zuckte mit den Schultern, und in dem Moment riss sich der Hund los und preschte quer über den Strand die Düne hinauf, wo er, die Leine hinter sich her ziehend, im hohen Gras verschwand.

»Waldi!« Erika nahm die Verfolgung auf und lief hinterher.

»Erika, jetzt warte doch mal auf mich!« Hermann blieb stehen, stemmte seine Hände in die Hüften und schnaufte. Die kühle, salzige Meeresluft tat ihm gut, aber an seiner Unbeweglichkeit und Kondition änderte das nichts. Vor einem dreiviertel Jahr hatte er ein neues Hüftgelenk implantiert bekommen und war seitdem nicht mehr richtig auf die Beine gekommen – trotz der mehrwöchigen Kur in Bayern, zu der ihn Erika genötigt hatte. Kurze Spaziergänge, wie dieser am Strand von Wittdün, schaffte er noch, aber alles, was darüber hinausging, war ihm und seinen eingerosteten Gelenken einfach zu viel. Und ausgerechnet jetzt musste Waldi ausbüxen. Er würde Erika nicht beim Einfangen helfen können. Im Gegensatz zu ihm war seine Frau noch in Topform – sowohl körperlich als auch geistig. Hermann wandte sich dem Meer zu, wo die Wellen unaufhörlich über den Sand leckten und auf ihrem Rückweg wellenförmige Linien hinterließen.

Plötzlich vernahm er einen schrillen Schrei und fuhr erschrocken herum. »Erika?«

Doch seine Frau war nirgends zu sehen.

Hermann folgte den Spuren im Sand: kleine Pfotenabdrücke von Waldi, eine Schleifspur von der Leine und Fußabdrücke, die er Erika zuordnete.

»Erika? Wo bist du?«, rief er, doch er befürchtete, dass er aufgrund des rauschenden Windes nicht zu hören war.

Als er die Düne erklommen hatte, blickte er ins Dünental und erstarrte. Hermann war völlig außer Puste und konnte jetzt halbwegs nachvollziehen, wie Reinhold Messner sich bei der Besteigung des Mount Everests gefühlt haben musste. Dann entdeckte er zwischen dem hohen Dünengras seine Erika und seine Füße knickten unter ihm ein. Er fiel auf die Knie und versuchte sich auf den Anblick, der sich ihm bot, einen Reim zu machen.

Waldi kläffte und knurrte, während Erika stumm dastand, die Hände vor ihren Mund geschlagen.

Hermann rappelte sich auf, was mit seinen steifen Gelenken leichter gesagt als getan war, und stieg die Düne auf der anderen Seite langsam hinab. Je näher er seiner Frau kam, umso klarer wurde ihm, dass ihr Spaziergang an dieser Stelle sein offizielles Ende gefunden hatte.

Vor ihnen, zwischen dem Dünengras, lag ein Toter.

»Her-Herrmann«, stotterte Erika, als dieser sie erreichte und eine seiner Hände auf ihre Schulter legte. Sie hielt Waldi, den sie inzwischen eingefangen hatte, an der kurzen Leine. »O Gott, sieh nur!«, schluchzte sie.

»Wir müssen die Polizei rufen«, sagte Hermann mit Blick auf die vor ihm liegende, grotesk aussehende Leiche. »Hast du dein Handy dabei?«

»Nein, das habe ich liegen lassen. Hast du deines nicht mitgenommen?«

»Nein, wozu auch? Hätte ich damit gerechnet, dass wir einen Toten finden, dann hätte ich es eingesteckt«, grummelte er. Hermann sah auf den ersten Blick, was hier los war. Seit er vor zwei Jahren in Rente gegangen war, hatte er so ziemlich jede True Crime-Dokuserie gesehen, die es gab. Das, und die Tatsache, dass er vor Kurzem einen Artikel darüber gelesen hatte, wie die jungen Leute das Deutschlandticket missbrauchten, um auf den Inseln Party machen zu können, ließen ihn zu dem Schluss kommen, dass es einer der Feierwütigen hier ein wenig übertrieben haben musste. Die Kleidung des Toten stand aber in völligem Widerspruch dazu: Jeans ohne Löcher, soweit er das von seiner Position aus beurteilen konnte, und ein weißes Hemd mit Pullunder darüber. Für Hermann passte das nicht zusammen.

»Lass uns umdrehen und die Polizei verständigen«, stotterte Erika und hakte sich bei ihm unter. »Dass das ausgerechnet uns passieren muss.« Sie schüttelte den Kopf und wandte sich zum Gehen.

»Na, dann haben wir diesmal wenigstens was zu erzählen, wenn wir nach Hause kommen«, versuchte sich Hermann an einem Witz.

»Das ist nicht lustig!« Erika sah ihn streng an. »Wir haben die Leiche gefunden. Die Polizei wird jede Menge Fragen an uns haben.«

»Mhm«, brummte ihr Mann und stellte sich bereits darauf ein, dass er das Fußballspiel, das er sich später ansehen wollte, vermutlich nicht sehen würde.

Das Paar stieg die Düne diagonal hinauf und ging auf der anderen Seite am Strand entlang in die Richtung, wo sie ein langer, verwitterter Holzsteg zurück zu ihrer Ferienwohnung führte. Waldi trottete den beiden widerwillig hinterher, kläffte und knurrte ununterbrochen.

KAPITEL ZWEI

»So ein Zufall, was?«, fragte Merle.

»Was meinst du?«, wollte Gabriel wissen.

»Na, dass wir bereits auf Föhr waren, als Heinrichsen dich angerufen hat.«

Er blickte über die Reling nach unten, wo die 3.000 PS starken Motoren der Doppelendfähre das Wasser zum Schäumen brachten.

»Ich glaube nicht an Zufälle, Merlin«, sagte er schließlich. »Das dürftest du inzwischen wissen.«

Merle ärgerte sich nach all der Zeit immer noch ein wenig über seinen Spitznamen für sie und lief rot an, was Gabriel ein Lachen entlockte. Sie strich sich eine Strähne hinters Ohr, was sie genauso gut hätte bleiben lassen können, da der Wind sie ihr augenblicklich wieder ins Gesicht blies.

»Du hast ein neues Handy«, stellte sie mit einem Nicken in Richtung seiner Jackentasche fest. »Seit wann? Bist du mit deinem Nokia nicht mehr zufrieden? Oder ist endlich der Akku leer?«

Gabriel wandte sich zu ihr um und sah sie an. »Weißt du, Merlin, man muss mit der Zeit gehen. Das Nokia hat mir gute Dienste geleistet, aber die Vorzüge eines Smartphones sind nun mal nicht von der Hand zu weisen. Ich kann dir jetzt meinen Standort senden, Fotos, Videos, das ganze Zeug.«

Merle schnalzte mit der Zunge. »Wer hätte das gedacht?«

Sie schwiegen eine Weile und blickten auf die raue See hinaus. Seit knapp eineinhalb Stunden waren sie jetzt schon unterwegs.

Gabriels Blick verlor sich in den Wellen, die ihn gleichermaßen beruhigten, wie nervös machten. Er riss sich von dem Anblick los und betrachtete Merle aus dem Augenwinkel. Sie war keine klassische Schönheit, aber ihre Grübchen, die ihr Gesicht einrahmten, wenn sie lachte, und ihr einnehmendes Wesen ließen ihm jedes Mal warm ums Herz werden. Das waren die Momente, in denen er eine Frau an seiner Seite schmerzlich vermisste. Andererseits war er froh, allein zu sein und genoss sein Singledasein. Er konnte tun und lassen, was er wollte, ohne auf jemand anderen Rücksicht nehmen zu müssen. Wäre da nur nicht … diese Leere. Er unterhielt sich zwar viel und oft mit Blablaquatschi, seinem Frettchen, das im Dienstwagen auf dem Fahrzeugdeck in seiner Box friedlich schlummerte – aber das war nicht das Gleiche. Einer Eingebung folgend kratzte er kurz entschlossen seinen ganzen Mut zusammen.

»Merle?«, fragte er.

»Ja?«

»Hey, da seid ihr ja!« Schoki und Penny kamen ihnen mit je zwei dampfenden Pappbechern entgegen.

Gabriel und Merle drehten sich erschrocken zu den beiden um, als wären sie gerade bei etwas ertappt worden.

»Was ist denn hier los?« Penny zog eine Augenbraue in die Höhe und nickte wissend, verkniff sich aber einen Kommentar.

»Habt ihr Claude erreicht?«, fragte Schoki, als sie Gabriel einen der Becher reichte und Penny einen leichten Stoß mit dem Ellbogen verpasste.

»Wir treffen sie nachher in Wittdün.« Er räusperte sich und sah wieder aufs Meer hinaus, wo sich die Umrisse Amrums bereits aus dem Dunst schälten. In etwa zwanzig Minuten würde die Fähre in Wittdün anlegen. »Sie hat es nicht rechtzeitig geschafft und wird die Fähre von Dagebüll nehmen.«

Gestern waren Gabriel, Merle, Penny und Schoki nach Föhr beordert worden, weil dort ein Streit zwischen den zwei größten Hoteliers auf der Insel zu eskalieren drohte. Keine guten Voraussetzungen so kurz vor der Urlaubssaison. Verschwundene Strandkörbe, angezündete Sonnenschirme, Fische auf den Terrassen der Restaurants, um unzählige Möwen anzulocken. All das fiel zwar nicht in ihr Aufgabengebiet und wäre eher ein Fall für die hiesige Polizei gewesen, aber Gabriel und seine Kolleginnen arbeiteten schnell – und vor allem diskret. Mit Mitteln, die nicht unbedingt der feinen englischen Art entsprachen, jedoch ihren Zweck erfüllten. Zudem war die ortsansässige Polizei völlig unterbesetzt, und während diese allein oder zu zweit an die Arbeit gingen, wäre die Polizeistation unbesetzt. Gabriels Team hatte den Streit im Nullkommanichts geschlichtet, indem sie die beiden Streithähne in ein

Zimmer gesperrt hatten. Was die zwei da drin genau besprochen hatten, wussten sie nicht, aber sie hatten sich jeweils für ihre Aktionen entschuldigt und zugesagt, den Schaden des anderen wiedergutzumachen. Die Flasche Friesengeist auf dem Tisch war ordentlich geleert worden.

»Hat Heinrichsen sich inzwischen noch mal gemeldet und Details genannt?« Penny trank einen Schluck von ihrem Kaffee. »Also, ich meine, wissen wir bereits, womit wir es in Wittdün genau zu tun haben?«

»Bisher weiß ich nicht mehr, als ich euch vorhin schon gesagt habe: eine unbekannte männliche Leiche in den Dünen«, wiederholte Gabriel, was er wusste. »Laut denjenigen, die sie aufgefunden haben, einer von den Feierwütigen, die sich Bier in die Packstationen liefern lassen und dann mit dem Deutschlandticket anreisen, um die Inseln unsicher zu machen.«

»Wissen wir denn schon, um wen es sich bei dem Toten handelt? Hatte er einen Ausweis oder andere Papiere bei sich?«, fragte Merle.

Gabriel schüttelte seinen Kopf. »Nein, nichts. Wir sind die Ersten vor Ort, außer dem älteren Ehepaar, das die Leiche entdeckt hat.«

»Lass mich raten«, sagte Schoki. »Wir dürfen wieder Puzzle spielen?«

»So in der Art«, murmelte Gabriel. Er nippte an seinem Kaffee und sah seine Kolleginnen der Reihe nach an. »Wir haben drei Tage Zeit, den Fall zu lösen, bevor die Hauptsaison startet. Nichts davon darf an die Öffentlichkeit gelangen.«

»Wie willst du das den verhindern?«, fragte Merle. »Die von der Presse sind doch wie Aasgeier.«

»Moment mal«, fiel ihr Penny ins Wort. »Warum darf nichts davon an die Öffentlichkeit gelangen? Wenn es einer war, der nach übermäßigem Alkoholkonsum den Löffel abgegeben hat, warum wird dann ein solches Geheimnis daraus gemacht? Das sollte den Insulanern doch nur recht sein. Mit etwas Glück wären sie die Partygäste schneller los, als ihnen lieb ist, und die Insel wird wieder zum Seniorenparadies.«

»Wir wissen doch noch gar nicht, um wen es sich bei dem Toten handelt«, warf Schoki ein.

»Die Hauptsaison steht vor der Tür«, seufzte Gabriel. »Eine Leiche am Strand ist schlecht fürs Geschäft.« Er spielte die kleinste Violine der Welt, indem er Daumen und Zeigefinger der rechten Hand aneinanderrieb.

»Es geht also wie immer ums Geld.« Penny verdrehte die Augen. »Na super.«

»Kommt, lasst uns runter aufs Fahrzeugdeck gehen. Wir legen gleich an.« Gabriel ging voraus und richtete den Kragen seines Parkas.

»Aye-aye, Captain«, sagten Merle, Penny und Schoki im Chor und folgten ihm.

Eine dreiviertel Stunde später trafen sie bei der Polizei in Wittdün ein. Es war nicht zu übersehen, wie sehr das raue Klima der Fassade des kleinen Gebäudes zugesetzt hatte. Der ununterbrochene und sich lediglich in Intensität abwechselnde Wind war wie Sandpapier und schmirgelte im Laufe der Zeit alles ab. Die salzhaltige Luft und die ständige Feuchtigkeit ließ rosten, was nicht mit einer entsprechend dicken Schutzschicht dagegen gewappnet war.

Gabriel betrachtete den zweckmäßigen roten Klinkerbau mit den schiefergrauen Dachschindeln. Das Gebäude war lediglich einstöckig und erinnerte mehr an ein Vereinsheim von Modellbaufreunden als an eine Außenstelle der Inselpolizei. Seit 2013 war das Revier nur noch eine Zweigstelle der Polizeistation Föhr.

Den Wagen hatte Gabriel auf dem Besucherparkplatz abgestellt und nun betraten sie die kleine Wache. Aus reiner Gewohnheit zog er den Kopf ein, als er durch die Tür trat, die mit einem Summen für sie geöffnet wurde.

Sie kamen in einen engen Vorraum, der an einem Holztresen endete. Dahinter saßen zwei Beamte in Uniform und spielten Karten.

Merle zuckte mit den Schultern und warf den anderen einen fragenden Blick zu.

Die Polizistin hinter dem Tresen sah auf. »Moin, was kann ich für Sie tun?«

Augenscheinlich war hier nicht viel los.

Gabriel entging ihr Unterton nicht, vermutlich war sie nicht besonders glücklich über die Unterbrechung ihrer Glückssträhne.

»Hauptkommissar Gabriel Behrens«, stellte er sich vor. »Und das hier ist mein Team. Generalstaatsanwalt Heinrichsen müsste uns angekündigt haben.«

Die Polizistin sah zu ihrem Partner. »Henning, weißt du was davon?«

Ihr Kollege sah schuldbewusst drein. »So 'n Schiet, das habe ich völlig vergessen, Antje. Der hat vorhin angerufen und gesagt, dass jemand kommt. Es geht um den Toten in den Dünen, den das ältere Ehepaar gefunden hat.« Dann fiel ihm ein, dass er sich noch gar nicht vorgestellt hat. »Polizeihauptkommissar Henning

Petersen, das ist meine Kollegin, Polizeimeisterin Antje Höfer.«

»Apropos Ehepaar. Wo sind die beiden überhaupt?«, fragte Antje ihren Kollegen.

Der sah sie erschrocken an.

»Du hast die nicht ernsthaft die ganze Zeit im Vernehmungsraum sitzen lassen, oder?« Die junge Frau fuhr von ihrem Stuhl hoch, klappte einen Teil der Holzplatte des Tresens zur Seite und trat dahinter hervor.

Die Polizistin war größer, als Gabriel sie eingeschätzt hatte, und reichte ihm bis zu den Ohren. Ihre blonden Haare hatte sie zu einem kunstvollen Zopf geflochten, dessen Ende über ihre linke Schulter fiel. Eine modische Brille verlieh ihr obendrein ein wenig Strenge, und Gabriel konnte sich nur zu gut vorstellen, dass sie sich ihren Respekt nicht erarbeiten musste, sondern allein ihres Aussehens wegen entgegengebracht bekam.

Ihr Kollege Petersen hingegen wirkte wie die jüngere Version von Otto Waalkes. Mit seiner Hakennase und den langen, dünnen Haaren, die ihm auf die Schulter fielen, entlockte er Gabriel ein Grinsen, das man genauso gut als freundliches Lächeln interpretieren konnte – zumindest hoffte er, dass es als solches durchging.

»Kommen Sie bitte mit«, sagte Antje Höfer und bedeutete ihnen mit einer Geste, ihr zu folgen.

KAPITEL DREI

Sobald sie sich der Tür des Vernehmungsraums näherten, hörten sie gedämpftes Hundegebell. Der Lautstärke und Intensität nach zu urteilen, konnte es sich dabei nur um einen Dackel handeln, ging es Gabriel durch den Kopf. Nur gut, dass er Blablaquatschi im Auto gelassen hatte.

Sie betraten den Raum mit den kahlen Wänden, während Antje Höfer draußen wartete.

In der Mitte des Zimmers stand ein länglicher Tisch mit zwei Mikrofonen darauf und jeweils drei Stühlen an den Längsseiten. Kaum hatte Gabriel einen Fuß in den Vernehmungsraum gesetzt, da hing der Dackel auch schon an seinem Bein. Vermutlich roch er BBQ. Der kleine Hund bellte und machte einen Radau, der jeden Einbrecher im Nullkommanichts in die Flucht schlagen würde.

Gabriel bückte sich zu dem Vierbeiner hinab und sagte: »Na, du? Wer bist du denn?« Nach einem Blick in Richtung der Hundebesitzer, die ihm wohlwollend zunickten, tätschelte er dem Hund den Kopf. »Ja, brav ist er. Ein ganz Braver!« Er stand wieder auf und setzte sich dem älteren Ehepaar gegenüber. »Kriminalhauptkommissar Behrens, und das hier«, er drehte sich um, »sind meine Kolleginnen. Sie haben die Leiche entdeckt?«

»Erika und Hermann Kramer«, stellte die Frau sich selbst und ihren Mann vor. »Ja, genau. Also, eigentlich hat Waldi sie ja entdeckt.« Frau Kramer deutete auf den Dackel, der sich neben ihrem Bein auf den Boden gelegt hatte und hechelte, als hätte er einen Marathon hinter sich.

»Ist Ihnen am Fundort etwas aufgefallen? Haben Sie jemanden gesehen?«, fragte Merle, die neben Gabriel Platz genommen hatte und sich während des Gesprächs Notizen in einem kleinen Büchlein machte.

Frau Kramer schaute ihren Mann an, dann schüttelte sie den Kopf. »Nein, ich habe nichts und niemanden sonst gesehen. Wir waren die Einzigen am Strand. Es war ja auch noch früh. Wissen Sie, Waldi musste unbedingt mal raus, und meinem Hermann schadet die Bewegung an der frischen Luft auch nicht.«

Gabriel musste sich ein Schmunzeln verkneifen. Bei Kramers hatte eindeutig sie die Hosen an. Aus dem Augenwinkel musterte er Merle neben sich und stellte sich vor, wie es bei ihnen beiden wäre, für den Fall, dass … Er verwarf den Gedanken wieder und konzentrierte sich auf das ihm gegenübersitzende Ehepaar.

»Ist der Fundort abgesperrt?«, fragte er mit Blick auf die Polizeimeisterin, die in der Tür stehen geblieben war.

»Ja, soweit ich weiß, hat sich Henning vorhin darum gekümmert«, sagte sie.

»Okay.« Gabriel stand auf. »Lasst uns zum Auffindeort gehen und uns schon mal umsehen. Bis Claude hier ist, wird nichts angefasst.« Er war schon fast zur Tür hinaus, als er sich noch mal umdrehte: »Herr und Frau Kramer?«

Erika Kramer hob ihren Kopf. »Können wir jetzt gehen?«

»Ja, aber halten Sie sich bitte zu unserer Verfügung. Es könnte sein, dass wir noch die eine oder andere Frage an Sie haben. Und noch etwas …« Gabriel sah sie eindringlich an. »Bitte bewahren Sie Stillschweigen über Ihren Fund – im Interesse aller.«

Frau Kramer sah zu ihrem Mann hinüber und nickte. »Natürlich.« Dann standen die beiden von ihren Plätzen auf und verließen zusammen mit Waldi den Raum.

Zwanzig Minuten später stapften sie zu dritt den Strand entlang. In dicke Jacken gepackt und mit Mützen auf ihren Köpfen wirkten sie, als wollten sie eine Schneeschuhwanderung unternehmen, dabei war der Winter noch weit entfernt. Morgens war es in dieser Jahreszeit immer kühl, und der ständig vom Meer her wehende Wind ließ die gefühlte Temperatur zusätzlich um einige Grad sinken.

Schoki war bei den Kollegen Höfer und Petersen geblieben, um auf Claude zu warten, die bald eintreffen sollte. Da Gabriel nicht untätig herumsitzen wollte, hatte er beschlossen, mit Merle und Schoki vorauszugehen, um sich einen ersten Überblick zu verschaffen.

Wechselnde, zum Teil heftige Böen fegten ihnen unablässig in ihre Gesichter und trieben ihnen Tränen in die Augen. Die Hände in den Taschen ihrer Parkas vergraben, stemmten sie sich gegen den Wind, als ob dieser sie von ihrer Arbeit abhalten wollte.

»Passt bitte auf die Spuren auf!«, rief Gabriel über das Rauschen hinweg. Die an den Strand brandenden Wellen vervollkommneten die tosende Sinfonie.

»Dann lass uns doch hier schon über die Düne gehen«, schlug Merle vor, und Penny pflichtete ihr bei.

Sie bahnten sich ihren Weg durch das Dünengras, und als sie oben ankamen, sahen sie den Leichnam bereits am Fuß der Düne liegen. Das Gebiet rundherum war von Kollege Henning Petersen großzügig mit Flatterband abgesperrt worden.

»Wir brauchen dringend einen Sichtschutz«, meinte Gabriel. »Sonst können wir gleich einen Artikel in der Zeitung veröffentlichen.«

»Ich rufe mal die Kollegen an und frage, ob die so was haben«, sagte Merle und holte ihr Handy aus der Jackentasche.

Während des Telefonats hatte Petersen ihr zugesichert, Claude und Schoki einen faltbaren Pavillon mitzugeben, sobald diese sich auf den Weg zu ihnen machten.

Aus einigen Metern Abstand betrachteten Gabriel, Merle und Penny den Leichnam, der etwa zur Hälfte im Sand eingesunken war. Als ob man eine zehn Zentimeter tiefe Mulde gegraben und ihn dort hineingelegt hätte.

Penny lief in ausreichendem Abstand um den Toten herum. »Der wurde jedenfalls nicht da hingelegt«, sagte sie.

»Wie kommst du darauf?«, fragte Merle.

»Na, weil sich andernfalls jemand größte Mühe gegeben haben muss, um eine Grube auszuheben, die exakt seinen Konturen entspricht. Und wer bitte würde so etwas machen?«

»Mhm«, brummte Gabriel und überlegte. »Bevor Claude nicht hier ist, gehen wir jedenfalls nicht näher ran.« Er sah sich um, ob er im Dünengras irgendwelche Hinweise fand, niedergetrampeltes Gras etwa, Fußabdrücke oder Reifenspuren – wovon auch immer. Gabriel wollte keinesfalls Petersens Kompetenz infrage stellen, aber wer während der Dienstzeit Karten spielte, dem konnte und wollte er nicht recht über den Weg trauen. Er sinnierte darüber, wie er eine Leiche hierhertransportieren würde, gesetzt den Fall, er wäre der Mörder. Auf den ersten Blick und auf die Entfernung waren jedenfalls keine größeren Verletzungen oder Blutflecke auszumachen, die auf ein blutiges Verbrechen hindeuteten. Was im Umkehrschluss natürlich nicht bedeutete, dass die Person vor ihnen, die mit dem Gesicht nach unten im Sand lag oder vielmehr zur Hälfte eingegraben war, nicht auf gewaltsame Weise umgebracht worden war.

»Die Körperhaltung sieht jedenfalls komisch aus«, sprach Merle das aus, was Gabe die ganze Zeit über schon Kopfzerbrechen bereitete.

Arme und Beine des Leichnams standen in unnatürlichen Winkeln vom Körper ab. Genaueres ließ sich erst sagen, wenn Claude einen Blick darauf geworfen hätte.

Als Gabriel im Begriff war, sein Handy aus der Tasche zu holen, um sich bei Schoki nach deren Verbleib zu erkundigen, kam ein Golfkart hinter ihnen zum Stehen. Ein offenes Gefährt mit einem Überrollbügel und geländegängigen Stollenreifen.

Claude und Schoki sprangen heraus und gingen zur Ladefläche, die der eines Pick-ups nicht unähnlich war, nur um ein Vielfaches kleiner.

Gemeinsam hievten sie Claudes Ausrüstung sowie eine Tasche, in der sich vermutlich der versprochene Pavillon befand, herunter.

»Wo habt ihr das Gefährt her?«, fragte Gabriel, den Blick starr auf das Vehikel vor ihm gerichtet.

»Das haben uns die Kollegen überlassen«, sagte Claude. »Hallo erst mal, ich freue mich auch, euch zu sehen.« Sie schob ihre große Brille auf dem Nasenrücken nach oben.

»Hi, Claude!«, begrüßten Merle und Penny die Rechtsmedizinerin. »Wie war die Überfahrt?«

»Ach, ich kann nicht klagen. Wenn es nur nicht immer so lange dauern würde. Gabe, hättest du keinen Heli organisieren können?« Sie warf ihm einen Seitenblick zu und lachte.

»Klar, und damit riskieren, dass wir sprichwörtlich noch mehr Staub beziehungsweise Sand aufwirbeln.« Er stimmte in ihr Lachen mit ein. »Schön, dass du da bist, Claude. Aber jetzt zurück zur Tagesordnung, die leider keinen erfreulichen Grund für unser Wiedersehen beinhaltet.«

»Wen haben wir hier?«, fragte sie, während sie unter dem Flatterband durchtauchte, das seinem Namen alle Ehre machte, obwohl sie vom Landesinneren gesehen vor der Düne waren und vor den Böen geschützt sein sollten. Nichtsdestotrotz flatterte und knatterte das Plastikband im Wind, der inzwischen merklich nachgelassen hatte.

»Lasst uns zuerst den Pavillon aufstellen«, schlug

Schoki vor. »Man weiß ja nie, wer einen beobachtet.« Skeptisch blickte sie sich um. Sie hätte schwören können, dass gerade jemand hinter einem kleinen Holzhaus am Ende des Stegs zwischen Promenade und Restaurant verschwunden war, tat es aber als Sinnestäuschung ab. Schließlich wusste niemand, dass sie hier waren. Was natürlich nichts heißen musste, denn Auswärtige wurden hier außerhalb der Urlaubssaison, die kurz bevorstand, gern skeptisch beäugt. Zudem hatte sie ein diffuses Gefühl, als ob man sie verfolgt hätte.

Zu fünft hatten sie das wackelige Gestell des Pavillons innerhalb weniger Minuten aufgestellt. Nur die Plane war bei dem Wind nicht ganz so einfach anzubringen. Da die Bänder, die zur Befestigung der Seitenteile gedacht waren, dem Wind nicht standhielten, fixierten sie die dünne Folie mit Kabelbindern aus Claudes Koffer.

»Warum hast du Kabelbinder in deinem Koffer?« Gabriel warf ihr einen fragenden Blick zu.

»Glaub mir, Gabe«, sagte Claude und seufzte lang gezogen, »das willst du nicht wissen.«

»Doch, das will ich«, beharrte er.

»Okay, aber sag hinterher nicht, ich hätte dich nicht gewarnt.« Claude holte tief Luft. »Ich führe immer Kabelbinder mit mir, für den Fall, dass ich mal einen Sichtschutz an einem Gestell befestigen muss.« Sie lachte ihr dreckiges Lachen, wie immer, wenn sie einen – ihrer Meinung nach gelungenen – Scherz vom Stapel ließ.

»Okay, Leute«, sagte Merle. »Genug herumgealbert jetzt. An die Arbeit. Wir haben schließlich nur drei Tage Zeit, um das Rätsel«, sie zeigte auf den Leichnam, »zu lösen.«

»Drei Tage?«, wiederholte Claude und schnaubte. »Wer sagt denn so was?« Sie schaute in die Runde. »Ach, sagt nichts. Lasst mich raten: Heinrichsen.«

Die anderen nickten reihum.

»Dann an die Arbeit.« Sie stellte ihren Koffer neben dem Toten ab und klatschte in die Hände.

KAPITEL VIER

»Können wir irgendwas tun?«, fragte Merle. »Die Umgebung nach Spuren absuchen oder so?«

Claude, die neben der Leiche kniete, sah zu ihr auf und schüttelte den Kopf. »Nein, das braucht ihr nicht.«

»Okay«, sagte Schoki kaugummikauend, »jetzt machst du mich wirklich neugierig. Würdest du uns bitte ins Bild setzen? Offensichtlich verfügst du über Informationen, die wir nicht haben.«

Claude stemmte sich in die Höhe und klopfte ihre sandigen Hände, die in Einweghandschuhen steckten, an ihrer Hose ab. »Tote erzählen einem mehr, als einem lieb ist«, erklärte sie. »Dieser junge Mann hier ist jedenfalls nicht freiwillig aus dem Leben geschieden. Für meine Annahme spricht, dass in seinem Körper kein Knochen, Muskel oder Nerv mehr heil sein dürfte.«

Gabriel sah sie skeptisch an. »Und das hat er dir verraten?« Er deutete auf den nach wie vor zur Hälfte im Sand versunkenen Leichnam.

»Seht euch mal die Arme und Beine an«, sagte

Claude und bückte sich zu dem Toten hinab. »Die lassen sich bewegen, als verfügten sie weder über Knie- noch Ellbogengelenke.« Zur Demonstration hob sie einen der Arme des verstorbenen Mannes und bog ihn nach oben – entgegen dem natürlichen Bewegungsablauf.

Augenblicklich drehten sich die vier um und schüttelten sich.

»Sofort aufhören«, sagte Penny. »Da läuft es einem ja eiskalt den Rücken runter. Erinnert mich an eine Eule, die kann ihren Kopf doch auch unnatürlich weit drehen.«

»Okay, also wurde der Mann zu Brei geschlagen? Oder in einer Art Presse zermalmt?«, fragte Gabriel.

»Nein«, antwortete Claude. »Das glaube ich nicht.«

»Warum nicht?«, wollte Merle wissen, dann fuhr sie plötzlich herum. »Was war das? Habt ihr das auch gesehen?«

»Nein. Was denn?« Penny und Schoki folgten ihrem Blick.

Merle deutete die Düne hinauf. »Da!«, sagte sie. »Dort oben hat es gerade eben geblitzt.«

»Na und?«, fragte Schoki. »Wird eben ein Gewitter im Anmarsch sein.« Als sie es aussprach, fiel es ihr wie Schuppen von den Augen. »Scheiße. Das hat uns gerade noch gefehlt. Der Regen wird vermutlich sämtliche Spuren wegspülen – sofern es überhaupt welche gibt.«

»Nein, nein! Das ist kein Gewitter«, sagte Merle. »Schaut euch mal die Wolken an, das sind ganz harmlose Altokumuli. Das Wetter bleibt, wie es ist.«

»Oh, bist du jetzt unter die Meteorologen gegangen?« Claude sah sie abwartend an.

»Claude, lass den Quatsch. Ich bin mir sicher, dass es

gerade geblitzt hat. Nicht zum ersten Mal übrigens. Vorhin dachte ich noch, ich hätte mir das nur eingebildet, aber ich bin mir sicher, dass es nicht so ist.« Merle sprach nun etwas leiser und wandte sich Gabriel zu. »Hast du deine Waffe dabei?«

»Ja, aber …«, setzte er an, wurde jedoch von Merle unterbrochen.

»Dann komm mit.« Sie fasste ihn am Oberarm und zog ihn mit sich in die entgegengesetzte Richtung der Stelle, wo sie zuvor das Blitzen gesehen hatte.

»Was wird das, wenn ich fragen darf?« Gabriel stapfte neben ihr durch den Sand, die Hände in den Jackentaschen vergraben.

»Ein Ablenkungsmanöver«, erklärte Merle. »Ich bin mir sicher, dass uns gerade jemand bei der Arbeit fotografiert hat. Wie sagte Heinrichsen doch gleich? Möglichst unauffällig?«

Gemeinsam liefen sie noch ein Stück weiter, umrundeten den Strandabschnitt und näherten sich der betreffenden Stelle von hinten.

Dort angekommen war nichts und niemand zu sehen.

»Vermutlich hat man uns bemerkt«, sagte Merle. »Mist!«

Gabriel deutete auf einen dünnen Stock, der im Dünenkamm steckte. »Da hast du deinen Fotografen.«

An einem Stab befestigt baumelten einige Spiegelscherben an Nylonschnüren.

Merle verdrehte die Augen. »Sorry, Gabriel. Die letzte Nacht war kurz, dann die Anreise und der Zeitdruck … Muss am Stress liegen.«

»Immerhin kein Gewitter«, sagte Gabriel und lachte.

»Also bist du nicht ganz daneben gelegen. Woher kennst du dich eigentlich so gut mit Wolken aus?« In seinem Blick lag aufrichtiges Interesse.

»Mein Großvater war Modellbauer und Pilot. Er hatte eine Cessna. Als ich klein war, durfte ich oft mit ihm mitfliegen und dabei hat er mir so ziemlich alles übers Wetter, die Wolken und alles was dazugehört erklärt. Das mit den Altokumuli ist noch hängen geblieben.«

»Dann war dein Großvater ein intelligenter Mann«, sagte Gabriel und grinste.

»Ja, das war er in der Tat.« Merle musste an die gemeinsamen Momente aus vergangenen Tagen zurückdenken. Diese gehörten zu ihren schönsten Erinnerungen an ihre Kindheit. Sie war auf Pellworm aufgewachsen, liebte das Meer, die raue Natur, der man auf der Insel ausgesetzt war.

»Deine Augen bekommen immer diesen Glanz, wenn du von dir und deiner Kindheit erzählst«, sagte Gabriel und blickte ihr tief in die dunkelblauen Augen, die ihn von dem Moment an, als er sie kennengelernt hatte, in ihren Bann gezogen hatten. *Wie zwei unergründliche Bergseen,* dachte er.

»Ist das so?« Verlegen strich sie sich eine ihrer blonden Locken, die der Wind aus ihrem Dutt gelöst hatte, hinters Ohr. Dann fiel ihr etwas ein, das im allgemeinen Durcheinander völlig untergegangen war. »Was wolltest du mir eigentlich vorhin auf der Fähre sagen?«

»Hm? Was meinst du?«, fragte Gabriel, der sehr genau wusste, worauf sie anspielte. Er legte sich gedanklich die Worte zurecht, die ihm auf dem Herzen lagen, und erkaufte sich damit ein paar Sekunden wertvolle

Zeit. Er wollte das hier nicht in den Sand setzen. Bei dem Gedanken musste er schmunzeln. *In den Sand setzen …*

»Na, du hast ›Merle?‹ gesagt, als ob du mir etwas Wichtiges mitteilen wolltest«, sagte sie und sah ihn an.

»Also, es ist so, dass …«, doch weiter kam er nicht. Ein dicker Kloß bildete sich in seinem Hals und verknotete seine gerade noch fein säuberlich zurechtgelegten Worte zu einem wirren Knäuel.

»Was ist los mit dir?«, fragte Merle besorgt. »Geht's dir nicht gut?« Sie umfasste seine Oberarme und sah ihn eindringlich an. »Bist du krank?«

Ob ich krank bin? Krank vor Liebe vielleicht …, schoss es ihm durch den Kopf. »Nein, nein. Ich …«

»Ah, da seid ihr ja!« Penny hatte sich ihnen von hinten genähert.

Erschrocken nahm Merle ihre Hände von Gabriels Oberarmen.

»Kommt mit, Claude hat Neuigkeiten.« Penny sah die beiden an. »Was ist denn mit euch los? Ihr seht aus, als hättet ihr ein Gespenst gesehen.« Dann drehte sie sich einmal um die eigene Achse. »Wo ist denn jetzt euer Blitzdings?«

»Penny, lass die Scherze«, mahnte Merle sie und musste grinsen. »Wir sind in einer ernsten Angelegenheit hier. Deine *X-Men*-Sprüche kannst du dir für ein andermal aufheben.«

Gabriel und Penny sahen sich an und lachten lauthals los.

»Was?«, fragte Merle. »Warum lacht ihr? Lacht ihr mich etwa aus?«

»Du meintest wohl *Men in Black*, hm?« Penny schüttelte den Kopf. »Knapp daneben ist auch vorbei.«

»So verkehrt lag ich mit *Men* gar nicht«, verteidigte sich Merle.

»Noch viel lernen du musst, kleiner Merlin«, murmelte Gabriel, hakte sich bei Penny und Merle unter und gemeinsam stiegen sie die Düne hinab.

»Und? Was hast du?«, fragte Gabriel, als sie bei Schoki und Claude ankamen.

»Die Frage lautet eher: Was habt ihr?«, antwortete Claude mit einer Gegenfrage und grinste verschmitzt.

»Wir?« Merle sah Gabriel um Unterstützung bittend an. Als der keine Anstalten machte, ihr zu helfen, sagte sie: »Ich dachte, jemand hätte uns von da oben fotografiert. Dabei waren es mit Schnüren befestigte Spiegelscherben an einem Stock.«

»Also kein Paparazzo. Schade.« Claude zog einen Flunsch und kramte einen Plastikbeutel aus ihrer Jackentasche.

»Oh, wissen wir, wer er ist?« Merle deutete auf den nach wie vor im Sand liegenden Leichnam, diesmal umgedreht, mit dem Gesicht nach oben, die Augen geschlossen und mit friedlichem Gesichtsausdruck. Sein Gesicht wirkte irgendwie aufgedunsen, breiig, als ob er in der achten Runde gegen Klitschko k. o. gegangen wäre. Die Lippen geschwollen, auf den Wangen waren leichte Abschürfungen zu erkennen.

»Nein, ich habe leider keinen Hinweis auf seine Identität gefunden.« Claude zuckte mit den Schultern, dann hellte sich ihre Miene auf. »Aber dafür habe ich das hier in einer seiner Hosentaschen entdeckt.« Sie reichte ihnen den Beutel.

In dem Tütchen steckte eine Art Visitenkarte. Gabriel nahm es an sich und betrachtete den Inhalt. Viel war darauf nicht mehr zu erkennen. Vermutlich befand sich das Kärtchen schon eine ganze Weile in der Hose. Es wirkte wie dreimal gewaschen und getrocknet, die Schrift war kaum mehr zu entziffern. Lediglich das Logo war noch zu erkennen.

»Pussy Lovers?« Gabe sah Claude fragend an. »Was soll das denn sein?«

»Das herauszufinden, meiner Lieber, ist eure Aufgabe«, sagte Claude. »Bevor ihr euch allerdings aus dem Staub macht und mich hier allein zurücklasst, damit ich meiner Arbeit nachgehen kann, habe ich noch eine Bitte.«

»Die da wäre?«

»Ich bräuchte einen Drogenschnelltest.«

»Ich dachte, du hättest Teststreifen in deinem Werkzeugkoffer?«, fragte Penny.

»Normalerweise ja, aber aus unerfindlichen Gründen habe ich keine mehr«, antwortete Claude schulterzuckend. »Nicht nur ihr habt Stress.«

»Wo sollen wir die auf die Schnelle herbekommen?«

»Krankenhaus, vielleicht Apotheke, möglicherweise haben auch die Kollegen Petersen und Höfer welche«, meinte Claude. »Ihr solltet ohnehin ins Hotel fahren und euer Equipment aufbauen. Und Blablaquatschi freut sich bestimmt auch, wenn er aus seinem Gefängnis rauskommt.« Sie zwinkerte Gabriel zu. »Aber vorher besorgt ihr mir bitte die Teststreifen.«

»Das machen wir beide«, sagte Penny und deutete auf Schoki. »Gabriel und Merle können derweil die Ausrüstung ins Hotel bringen.«

»Hast du eigentlich schon eine Vermutung, wie der Mann ums Leben gekommen ist?«, wollte Gabriel wissen, bevor sie sich auf den Weg machten.

Claude nickte langsam. »Ich habe da so eine Idee, aber um ganz sicher zu sein, bräuchte ich den Schnelltest.«

»Aber nach einer Überdosis sieht man doch nicht so aus, oder?«, fragte Merle und deutete auf den Toten.

»Nein, aber nach dem, was danach geschah, möglicherweise schon.« Claude überlegte, wie viel von ihrer Vermutung sie ihren Kollegen bereits mitteilen konnte, ohne sie bei den weiteren Ermittlungen auf eine falsche Spur zu lenken. Schließlich entschied sie sich dafür, ihre Gedanken mit den anderen zu teilen, denn jede Idee – und sei sie noch so abwegig – konnte sie der Lösung des Rätsels einen Schritt näher bringen.

Claude deutete nach oben in den Himmel. »Er muss von dort gekommen sein.«

Die anderen vier folgten ihrem Fingerzeig.

»Du willst uns auf den Arm nehmen, oder?«, sagte Gabriel. »Ich sehe keinen Fallschirm, und er hat auch nicht die passende Kleidung dafür an. Oder gibt's dafür neuerdings einen neuen Dresscode? Jeans, Hemd und Pullunder?«

»Wer hat denn was von Fallschirmspringen gesagt?«, konterte Claude.

»Du meinst ...«, setzte Merle an und ihre Augen wurden groß. »Natürlich! Du hast recht!«

KAPITEL FÜNF

»Ihr wisst doch, dass ich fast immer recht habe.«

Augenblicklich musste Merle an eine Begebenheit aus ihrer Kindheit denken. Sie war mit ihrem Opa in dessen Cessna unterwegs gewesen, wenn sie sich richtig erinnerte. Beim Schließen der Tür hatte sie den Gurt eingeklemmt. Dieser schlug, als sie die zum Abheben nötige Geschwindigkeit erreicht hatten, gegen die Zelle, was sich anhörte, als hätte sie jemand mit einem Maschinengewehr unter Beschuss genommen. Nachdem sie sich von dem Schock erholt hatte, machte sie den eingekeilten Gurt schnell ausfindig und wollte schon nach dem Türgriff greifen, doch ihr Großvater hatte sie im letzten Moment zurückgehalten – zu ihrer beider Glück.

»Er wurde aus einem Flugzeug geworfen«, murmelte Merle mit Blick auf den im Sand liegenden Mann.

»Was sagst du da?«, fragte Gabriel. »Das geht doch gar nicht. Die Türen sind während des Flugs verriegelt und können nicht geöffnet werden.«

»Nur bei Flugzeugen mit Druckkabine«, warf Schoki

ein. »Wenn die Kabine nicht unter Druck steht, wie es etwa bei Kleinflugzeugen der Fall ist, lassen sich Türen ohne Weiteres während des Flugs öffnen.«

Alle Augen waren auf Schoki gerichtet.

»Was denn?«, fragte sie. »Hat niemand von euch *Mayday – Alarm im Cockpit* geguckt?« Sie verdrehte die Augen. »Das darf doch nicht wahr sein. Was seid ihr denn für Banausen?«

»Schoki hat recht«, pflichtete Merle ihr bei. »Die Türen einer Cessna lassen sich zum Beispiel ganz einfach während des Flugs öffnen. Allerdings sollte man das lieber nicht tun, wenn einem sein Leben lieb ist.«

»Du meinst, die Maschine könnte abgestürzt sein?«, fragte Claude.

»Nicht unmöglich, aber das glaube ich nicht«, sagte Merle. »Von einem abgestürzten Kleinflugzeug hätten wir längst gehört.«

»Nicht, wenn es vor ein paar Stunden über dem Meer abgestürzt ist«, meinte Gabriel und überlegte. »Moment mal. Die kleinen Flugzeuge müssen doch heutzutage alle mit Transponder ausgestattet sein, oder? Sprich, wenn so ein Ding vom Himmel fällt, dann sollte das doch jemandem auffallen, oder?«

»Auch auf die Gefahr hin, euch mit meinem Doku-Wissen zu nerven: Ja, die meisten Modelle sind inzwischen mit Transpondern ausgestattet, aber diese können per Knopfdruck aktiviert beziehungsweise deaktiviert werden.«

»Na toll«, sagte Gabriel. »Aber im Falle eines Absturzes oder einer nicht erfolgten Landung müsste das doch dennoch jemandem auffallen, oder?«

»Wir sollten sämtliche Flughäfen in der Umgebung

abklappern«, schlug Merle vor. »Auch die auf dem Festland.«

»Hat Amrum eigentlich einen eigenen Flugplatz?«, fragte Gabriel und zückte sein neues Handy. Er wischte auf dem Bildschirm herum, tippte, wischte und fluchte.

»Gib mal her«, sagte Merle und öffnete den Internetbrowser. »Hier, schau. So geht das.«

»Und wie soll ich da was eintippen? Das Ding hat ja nicht mal Tasten.«

Merle überlegte. »Soweit ich weiß, war da mal ein Flugplatz im Gespräch oder zumindest eine Start- und Landebahn. Aber ob daraus was geworden ist? Ich glaube nicht.«

Claude lachte. »Dass ich das noch erleben darf. Gabe, die Geräte verfügen über eine virtuelle Tastatur. Einfach auf ein Eingabefeld tippen und die Tastatur erscheint automatisch.«

»Tatsächlich«, murmelte er fasziniert. Bis vor Kurzem hatte er noch sein altes Nokia in Betrieb gehabt, es aber aufgrund der Vielseitigkeit und viel gepriesenen Benutzerfreundlichkeit zugunsten eines neuen Geräts eingetauscht.

»So wie ich das sehe, hat Amrum keinen eigenen Flugplatz«, sagte Gabriel, während er die Google-Einträge überflog. »Nur Sylt, Föhr und Helgoland. Wo sollen wir da anfangen?«

Penny schüttelte den Kopf. »Sorry, Leute. Aber ich glaube nicht an die Flugzeugtheorie. Wie genau kommst du darauf, Claude?«

»Zum einen ist da der Knochen-Blut-Brei, der nur noch von der Haut zusammengehalten wird«, zählte Claude auf. »Ihr würdet euch wundern, wie elastisch die ist. Außerdem spricht die Tatsache, dass er zur Hälfte im Sand eingesunken war, dafür.«

Penny schüttelte nach wie vor den Kopf. »Wie hoch fliegen solche Kleinflugzeuge?« Sie sah Merle an.

»Zwischen 1.500 und 3.000 Metern, glaube ich«, antwortete diese. »Es sind aber auch weniger möglich, zum Beispiel beim Start oder Landeanflug.«

»Mal angenommen, ein Kleinflugzeug fliegt in einer Höhe von 500 Metern und jemand fällt hinaus oder wird hinausgeschubst. Müsste derjenige dann nicht Brei sein, wenn der auf dem Boden aufschlägt?«, überlegte Penny laut und alle anderen nickten.

»Theoretisch hast du recht«, sagte Claude. »Das hängt einerseits von der Sturzhöhe und andererseits von der Bodenbeschaffenheit ab. Ihr stimmt mir doch zu, dass es einen Unterschied macht, ob man auf Beton oder Sand aufschlägt, oder?«

»Trotzdem«, sagte Penny. »Ich kann mir das nicht vorstellen. Klar, der da«, sie deutete auf den Toten, »sieht ein wenig unförmig aus. Aber deine Theorie klingt für mich nach wie vor weit hergeholt. Wir sollten uns nicht darauf versteifen und auch andere Möglichkeiten in Betracht ziehen.«

»Die da wären?«, hakte Claude nach.

»Gute Frage, nächste Frage.« Penny schüttelte den Kopf. »Ich habe nicht den leisesten Schimmer.«

»Ich schlage vor, wir finden erst mal raus, wer der Mann da ist«, sagte Gabriel. »Dann sehen wir weiter. Vielleicht finden wir heraus, was er zuletzt getan hat oder wo er sich aufgehalten hat. Apropos, auf welchen Zeitraum grenzt du den Todes- beziehungsweise Absturzzeitpunkt ein?«

»Das kann ich erst beantworten, wenn ich den Test gemacht habe und ihn obduziert habe. Ich könnte mir vorstellen, dass unser Mann hier betäubt worden ist, bevor man ihn aus dem Flugzeug«, Claude sah Penny über den Rand ihrer großen Brille an, »oder was auch immer gestoßen hat.«

»Solltest du den Leichnam nicht besser gleich in die Rechtsmedizin bringen lassen?«, fragte Schoki. »Da hättest du doch bestimmt mehr Möglichkeiten, oder?«

»Habe ich bereits veranlasst«, sagte Claude. »Wird nachher nach Flensburg überführt. Ich muss noch auf den Anruf warten, der Fahrer des Leichenwagens meldet sich, sobald er da ist.«

»Brauchst du uns dann noch?«, wollte Merle von ihr wissen. »Dann könnten Gabe und ich uns schon mal auf den Weg ins Hotel machen. Penny und Schoki sollen dir den Test besorgen, während wir uns um das Equipment kümmern und diesem ›Pussy Lovers‹ einen Besuch abstatten.« Merle hätte niemals gedacht, dass eine Insel mit weniger als 2.500 Einwohnern überhaupt über ein solches Etablissement verfügte. Andererseits machten jährlich etwa 200.000 Menschen hier Urlaub, und sie konnte nachvollziehen, dass der eine oder andere darunter war, der dieser Art von Unterhaltung zugetan war und auch im Urlaub nicht darauf verzichten wollte.

Eine halbe Stunde später parkte Gabriel den silberfarbenen VW Passat vor dem Hotel, das Heinrichsen für die nächsten drei Tage gebucht hatte. Vorhin waren sie zu Fuß von der Polizeistation aufgebrochen, sodass sie zunächst das Auto mitsamt ihrer Ausrüstung holen mussten.

Das Hotel ›Südstrand‹ wirkte einladend und war nur knapp 200 Meter vom Strand und somit vom Auffindeort der Leiche entfernt.

Gabriel fand, dass die Bezeichnung Hotel für das Gebäude völlig überzogen war, im Internetzeitalter jedoch neigte jeder zu Übertreibungen, und so wurde aus einem Zweifamilienhaus schnell ein Luxushotel am Strand. Aber er wollte sich nicht beklagen.

Während Merle im Wagen sitzen blieb und Blablaquatschi mit Ingwerstückchen fütterte, die dieser schmatzend verschlang, schnappte sich Gabe eine der Taschen aus dem Kofferraum und ging in Richtung einer Tür, von der er annahm, es wäre der Eingang. Ein Schild konnte er nicht entdecken, aber an der Wand war ein Messingblech mit eingelassenem Klingelknopf angebracht. Er betätigte die Klingel und wartete. Nichts geschah. Auch nach dem zweiten Mal Läuten passierte nichts. Aus einem Impuls heraus drückte er gegen die Tür, die daraufhin nach innen aufschwang und einen großzügig geschnittenen, hell erleuchteten Eingangsbereich freigab. Linkerhand war ein Tresen, vermutlich die Anmeldung beziehungsweise die Rezeption und vor dem Fenster stand ein runder Tisch mit zwei Ohrensesseln. Da niemand zu sehen war, ging Gabriel zu dem Tisch, stellte die Tasche daneben ab und setzte sich in einen der bequem aussehenden Sessel, welcher in augenblicklich umfing, als wollte er ihn umarmen und nie mehr loslassen. *Gemütlich,* dachte Gabriel und sah aus dem Fenster, während er darauf wartete, dass sich irgendwer blicken ließ.

Im Sessel sitzend und seinen Gedanken nachhängend, hörte er plötzlich eine Stimme, die zunehmend ungehaltener klang. Entweder führte hier jemand einen Monolog, ein Selbstgespräch oder Telefonat. Gabriel verstand nur Wortfetzen.

»... heißen, er ... nicht da?« Kurze Pause. »... verarschen?« Gabriel spitzte die Ohren. »... morgen Zeit, ansonsten ...«

Er stand auf, nahm die Tasche zur Hand und ging zum Tresen, doch das Telefongespräch schien beendet worden zu sein. Kurz darauf ging eine Tür hinter dem Tresen auf und ein untersetzter Mann mit Glatze und hochrotem Kopf trat aus dem Raum, in dem er bis gerade eben noch lautstark jemandem gedroht hatte. Nach einem raschen Blick in das Zimmer klassifizierte Gabriel es als Büro.

Kurz überlegte er, ob er sich zu erkennen geben sollte, entschied sich aber dagegen. Erfahrungsgemäß war das die bessere Strategie, um die Leute zum Reden zu bringen. Sobald die Wind davon bekamen, dass sie mit der Polizei redeten, wirkten sie plötzlich zugeknöpft.

»Ärger?«, fragte Gabriel unverfänglich.

»Ach, nicht weiter wichtig«, brummte der Mann. »Brandner mein Name. Sie haben reserviert?«

»Ja, auf den Namen Heinrichsen«, sagte Gabriel.

Brandner schüttelte die Maus neben der Tastatur, dass sie Gabriel beinahe leidtat. Das Telefongespräch musste den armen Mann mehr mitgenommen haben, als er zugeben wollte.

»Ah, hier. Ich hab hier fünf Personen«, sagte Brandner und blickte zu Gabriel auf. »Zwei Doppelzimmer und ein Einzelzimmer, korrekt?«

»Das ist korrekt«, bestätigte dieser.

»Dann bekomme ich hier, hier und hier noch eine Unterschrift«, sagte Brandner und schob ihm drei Zettel samt Kugelschreiber über den Tresen. »Die Hausordnung liegt in den Zimmern aus. Rauchen und Haustiere sind nicht erlaubt.«

»Verstanden.« Gabriel unterschrieb die Anmeldung und ließ sich den Zimmerschlüssel aushändigen.

»Ihre Zimmer sind im 1. Stock, die Treppe rauf und dann gleich rechts«, gab ihm Brandner noch mit auf den Weg.

Nachdem er die erste Tasche ins Zimmer gebracht und sich umgesehen hatte, holte er Merle, und gemeinsam trugen sie die restlichen Gepäckstücke in die Zimmer.

KAPITEL SECHS

»Wow!« Merle stand auf dem Balkon und sah aufs Meer hinaus. »Was für ein Anblick!«

»Komm, wir müssen los«, sagte Gabriel und es tat ihm ein bisschen leid, sie aus ihren Träumereien zu reißen, aber sie hatten noch jede Menge Arbeit vor sich.

»Hast du die Adresse?«, fragte Merle.

»Natürlich, habe ich gegoogelt«, verkündete Gabriel stolz.

Während der Fahrt erzählte Gabriel Merle von dem Telefonat, das er unfreiwillig belauscht hatte, als er darauf wartete, dass ihm jemand die Zimmerschlüssel aushändigte.

»Und du meinst, das könnte was mit unserem Opfer zu tun haben?«, fragte Merle.

»Keine Ahnung. Jedenfalls schien Brandner mit jemandem sprechen zu wollen, der nicht verfügbar war. Ich habe mich ihm gegenüber übrigens nicht zu erkennen gegeben. Es wird das Beste sein, wenn wir hier so lange wie möglich inkognito unterwegs sind. Die Leute verschließen sich oft gegenüber der Polizei und die Insulaner sind ohnehin eine ganz eigene Spezies für sich.«

»So, sind wir das?« Merle sah ihn gespielt ernst vom Beifahrersitz aus an.

»So war das nicht gemeint …«, versuchte Gabriel sich aus der Affäre zu ziehen.

»Schon gut, ich weiß, was du meinst, und du hast damit auch nicht ganz unrecht«, murmelte Merle.

Keine fünf Minuten später hatte Gabriel den Wagen auf einem öffentlichen Parkplatz abgestellt. Die restliche Strecke gingen die beiden zu Fuß. Selbst hier, mitten im Ort war der hohe Salzgehalt der Luft zu riechen, die Zusammensetzung der Aerosole war mit das Beste, was man seiner Lunge bieten konnte. Merle hatte vorhin in ihrer Unterkunft sogar einen Flyer entdeckt, der eine Aerosol-Wanderung angepriesen hatte. Sie liebte den typischen Geruch. Salz, eine Prise Seetang – für sie gab es nichts Besseres. Die Luft hier war so charakteristisch für eine ostfriesische Insel wie der allgegenwärtige Fettgeruch in einer Imbissbude. In Letzterer würde sie allerdings nicht so tief durchatmen wollen, wie sie es hier regelmäßig tat.

Wenig später standen sie vor einem Gebäude, dessen Schild über der Eingangstür bestätigte, dass sie hier richtig waren. ›Pussy Lovers‹ prangte in Großbuchstaben darauf. *Fehlt nur noch ein Neonreklameschild mit passendem Bild,* dachte Merle und grinste.

Gabriel sah auf die Uhr. »Was meinst du? Ist fast noch ein bisschen früh, oder?« Er drückte versuchsweise gegen die Tür, die entgegen seiner Befürchtung nach innen aufschwang und sie mit einem leisen Bimmeln willkommen hieß, als sie entraten.

Merle sah sich um. Der große Raum war freundlich eingerichtet und entsprach damit so ziemlich dem genauen Gegenteil dessen, was sie sich darunter vorgestellt hatte. Irritiert ließ sie ihren Blick über die Regale an den Wänden wandern. Dort standen stufenartig aufsteigend 4er-, 8er- und 16er-Würfel eines Regalsystems, und in beinahe allen Fächern waren kleine Kissen. Sie war noch nie zuvor in einem solchen Laden gewesen und würde dort privat auch niemals einen Fuß hineinsetzen, aber das alles hier passte nicht zu dem, was sie sich in ihrer Fantasie ausgemalt hatte. Das hier erinnerte sie eher an ein Sektenzentrum als an alles, was sie mit dem Namen ›Pussy Lovers‹ in Verbindung brachte.

Gabriel ging es wohl ganz ähnlich, denn er warf ihr einen fragenden Blick zu.

Im hinteren Teil des Raums war ein Tresen mit einer gigantischen, chromblitzenden Siebträgermaschine sowie diversen Behältern mit Kaffeebohnen. Darüber hingen kopfüber verschiedene Flaschen mit Sirup, wie Merle beim Näherkommen feststellte.

Gabriel deutete auf einen Tisch am Fenster neben dem Eingang, wo sie sich setzten und darauf warteten, dass jemand kam, der ihnen vielleicht weiterhelfen konnte.

Mit einem Mal zuckte Gabriel erschrocken zusammen, weil ihn etwas an der Wade gestreift hatte. Er zwinkerte Merle über den Tisch zu.

»Was ist denn mit dir los?«, fragte Merle. »Du hast so komische Zuckungen.«

»Das Gleiche könnte ich dich fragen«, sagte Gabriel, der sich sicher war, dass sie soeben mit ihm gefüßelt hatte.

Er beugte sich hinunter, blickte unter den Tisch und entdeckte eine Katze.

»Miez-Miez …«, versuchte er die Katze anzulocken. Das Tier, das sich auf den ersten Blick nicht als Kater oder Katze zu erkennen gab, kehrte um und schmiegte sich an seine Beine, dann verschwand es so plötzlich, wie es aufgetaucht war.

»Huch, sieh mal«, sagte Merle und deutete in den Raum hinein.

Gabriel wandte sich in die Richtung und staunte nicht schlecht. Die Katze war mit Verstärkung zurückgekehrt.

In dem Moment fing Merle prustend an zu lachen. »O Gott! Natürlich!«

»Was ist los? Warum lachst du?«, fragte Gabriel.

»Woran hast du gedacht, als du den Namen ›Pussy Lovers‹ auf der Karte gelesen hast?« Merle taxierte ihn aufmerksam.

»Na, an ein Katzencafé«, sagte Gabriel wie aus der Pistole geschossen und lachte.

»Lügner!« Merle schlug ihm spielerisch auf den Arm.

»Woran hast du denn …«, weiter kam Gabriel nicht.

Jemand kam herein.

»Moin, die Herrschaften. Ich bin gleich so weit.« Die Frau balancierte in jeder Hand eine Tortenplatte mit je einer Torte, die sie gekonnt auf dem Tresen abstellte und in eine kleine Aufsatzvitrine schob. »Gleich bin ich bei Ihnen.«

Offensichtlich handelte es sich bei der Frau um die Betreiberin des Cafés.

Merle und Gabriel studierten derweil die liebevoll gestaltete Karte, in der sie allerlei Kaffeevarianten entdeckten. Stellenweise sogar welche, von denen sie noch nie zuvor gehört hatten.

»Was bitte schön ist ein Caffè americano?«, fragte Gabriel.

»Du kannst doch jetzt googeln«, zog ihn Merle auf.

»Das ist ein doppelter Espresso verlängert mit heißem Wasser im Verhältnis 1:3«, klärte sie die Inhaberin auf, die soeben mit einer neuen Ladung Kuchen und Torten hereingekommen war. Nachdem sie diese ebenfalls in die Vitrine gestellt hatte, kam sie zu ihnen an den Tisch.

»So, da bin ich. Was darf ich Ihnen bringen?«, fragte sie und zückte einen Handheld, der aussah wie ein zu groß geratenes Smartphone.

»Ich nehme den Caffè americano, bitte«, sagte Merle.

»Für mich einen doppelten Espresso, bitte.« Gabriel sah zur Vitrine und augenblicklich erinnerte ihn sein Magen mit einem Knurren daran, dass er heute noch nichts gegessen hatte. »Und ein Stück Ihres besten Kuchens.«

»Ein Stück Friesentorte, jawohl. Kommt sofort.«

»Für mich bitte auch eines«, rief ihr Merle hinterher.

Inzwischen waren die beiden umringt von unzähligen schnurrenden Stubentigern, die sich um alles schlängelten und an allem rieben, was auch nur annähernd nach Bein aussah.

»Leute mit Katzenallergie gehören hier wohl eher nicht zur Kundschaft«, sagte Gabriel.

»Das sind alles Sorten, die keine Allergien auslösen.« Merle sah sich um. »Ragdoll, dort drüben, und das da müsste eine Siamkatze sein, die dort drüben ist eine Bengal.«

»Sie kennen sich gut mit Katzen aus. Ich bin übrigens Irene Broder, die Inhaberin.«

Gabriel und Merle hatten gar nicht bemerkt, dass die Cafébetreiberin bereits wieder bei ihnen am Tisch war. Offensichtlich hatte sie das Anschleichen von ihren Katzen übernommen.

»Ja, ich bin mit Katzen aufgewachsen«, sagte Merle. »Schön haben Sie's hier. Richtig gemütlich.«

Frau Broder seufzte schwer. »Ja, in der Tat. Nur leider nicht mehr lange. Die Gemeinde sitzt mir im Nacken und droht mit einer Schließung.«

»Wieso denn das?«, fragte Merle.

»Ein paar Leuten im Stadtrat ist der Name des Cafés ein Dorn im Auge. Angeblich wäre dieser anzüglich.«

»So ein Quatsch«, meinte Merle und spürte im selben Moment, wie ihr die Röte ins Gesicht schoss.

Frau Broder lachte. »Da wären Sie nicht die Erste. Mir ist klar, dass der Name polarisiert, und ich hatte auch schon die eine oder andere männliche Kundschaft, die erschrocken wieder rückwärts zur Tür raus ist. Aber das kommt eher selten vor.«

»Und wenn Sie den Namen des Cafés nicht ändern, wollen die Ihren Laden dichtmachen?« Gabriel schüttelte ungläubig den Kopf.

»Ja, der Name wäre angeblich schlecht fürs Geschäft. Fragt sich nur, für welches. Zudem hat mir jemand die PETA an den Hals gehetzt. Mein Café läuft gut, ich kann nicht klagen. Aber die Heinis im Stadtrat glauben, dass ich oder vielmehr die Katzen und der Name meines Cafés schuld daran sind, dass die Zahl der Touristen rückläufig ist.« Frau Broder drehte sich um. »Ah, Ihr Kaffee ist fertig. Ich bin gleich wieder da.«

»Seltsam, oder?«, flüsterte Gabriel Merle über den Tisch zu.

Irene Broder kehrte mit einem Tablett mit ihren Getränken zurück zu ihnen an den Tisch. Die Kaffees dufteten verführerisch und waren liebevoll mit Keksen und bunten Servietten dekoriert worden.

»Danke schön.« Merle schnappte sich ihren Kaffee, der typischerweise in einem hohen Glas serviert wurde, und inhalierte den Duft. »Mhm …«

Frau Broder sah nervös zum Fenster hinaus und blickte auf ihre Armbanduhr, nachdem sie die zwei Kuchenteller mit der Friesentorte auf dem Tisch abgestellt hatte.

»Erwarten Sie jemanden?«, fragte Gabriel.

»Ja, das heißt eigentlich nicht. Für heute hat sich dieser Jannen vom Stadtrat noch mal angekündigt. *Zu einem klärenden Gespräch,* wie er es genannt hatte. Für mich gibt's da nichts zu klären.« Sie blickte wieder auf die Uhr. »Sieht ihm gar nicht ähnlich, dass er zu spät kommt. Der Teufel ist normal pünktlicher wie die Maurer.« Sie seufzte abermals. »Ich bin hinten in der Küche, falls Sie noch etwas brauchen sollten.« Dann verschwand sie in einem schmalen Gang am Ende des Tresens.

»So einen Aufriss zu machen, wegen eines Namens«, sagte Merle. »Schon ein bisschen übertrieben, oder?«

»Mhm«, murmelte Gabriel und überlegte.

»Worüber denkst du nach?«, fragte sie.

»Über Zufälle, an die ich, wie du weißt, nicht glaube.«

»Und? Zu welchem Schluss bist du gekommen?«, hakte sie nach.

»Zuerst das Telefonat von Brandner im Hotel, wo jemand verschwunden ist beziehungsweise nicht zu sprechen war. Dann der nicht auftauchende Stadtrat. Was denkst du?«

»Denkst du, dieser Jannen könnte unsere Leiche sein?«, fragte Merle mit großen Augen.

»Möglich wär's, oder?« Gabriel zückte sein Handy, wischte und tippte und nickte. Er hielt ihr das Display vors Gesicht. »Und? Was meinst du?«

Merle biss sich auf die Unterlippe. »Gabe! Du könntest recht haben. Er sieht ihm schon ähnlich, ein bisschen jedenfalls. Leite das Foto bitte an die anderen weiter, mal schauen, was die dazu sagen.«

Gabriel sah sie an, als hätte sie soeben verlangt, er solle den K2 ohne Sauerstoffflasche besteigen.

»Gib schon her.« Merle streckte die Hand nach dem Handy aus. »Ich mache das für dich. Wenn wir hier fertig sind, bekommst du eine Einweisung für das neue Gerät.«

Die beiden lachten.

»Mhm, die Friesentorte ist himmlisch«, lobte Gabriel kauend den Kuchen und hoffentlich laut genug, dass die Bäckerin das Lob hörte.

»Danke!«, kam es aus der Küche zurück. »Ist ein altes Rezept meiner Großmutter – Gott hab sie selig!«

Nachdem Merle und Gabriel ihre Kaffees getrunken und die Kuchen aufgegessen hatte, bezahlten sie ihre Rechnung und machten sich auf den Weg zurück ins Hotel. Penny und Schoki dürften dort inzwischen ihr Equipment aufgebaut und angeschlossen haben.

KAPITEL SIEBEN

Claude war in der Zwischenzeit mit dem Bestatter und der Leiche eines unbekannten Mannes nach Flensburg unterwegs. Während der Fahrt stellte sie ein paar Berechnungen an, die sie später in der rechtsmedizinischen Abteilung überprüfen wollte. Sie hatte sich bereits angekündigt, und man hatte ihr vor Ort einen Sektionssaal freigehalten – offenbar wussten die dort schon darüber Bescheid, wie dringend es war, Todesursache und Identität des Opfers schnellstmöglich festzustellen.

Der durchgeführte Drogenschnelltest, den ihr Schoki und Penny besorgt hatten, war nicht sonderlich aufschlussreich gewesen. Der Test zeigte zwar eine geringe Konzentration an Benzodiazepin an, alles in allem aber nicht genug, um den Tod herbeizuführen. Vermutlich war das Opfer damit im Vorfeld ruhig gestellt worden.

Mithilfe ihres Handys berechnete sie ein paar mögliche Szenarien, setzte verschiedene Absturzhöhen voraus, ließ Faktoren wie Luftwiderstand, Wind und

Auftrieb außer Acht, da sie diese ohne exakte Wetterdaten auf die Schnelle nicht bestimmen konnte. Sie bezog die Bodenbeschaffenheit mit ein, welche den Sturz definitiv abgemildert hatte.

Ihren Berechnungen zufolge dürfte der Fall nicht länger als zehn bis fünfzehn Sekunden gedauert haben und war sowohl aus einer Höhe von 500 als auch 1.000 Metern absolut tödlich. Selbst bei einem Aufprall auf Wasser wären die Chancen nicht besser gestanden. Das Material des Bodens, vorausgesetzt es war form- oder veränderbar, verdichtete sich unter der Wucht des Einschlags und fühlte sich wie Beton an. Jeder, der schon mal von einem Zehnmeterbrett gesprungen und falsch auf der Wasseroberfläche aufgeschlagen war, konnte ein Lied davon singen. Bereits aus zehn Metern Höhe waren Prellungen und Verstauchungen denkbar, vorausgesetzt man sprang ins Wasser.

Claude überlegte, ob das vielleicht sogar der ursprüngliche Plan gewesen sein könnte. Die Leiche war so nahe am Wasser aufgefunden worden, dass sie es nicht gänzlich ausschließen wollte. Aber selbst in dem Szenario wäre es egal gewesen, denn früher oder später wäre die Leiche an den Strand gespült worden. Zumindest dann, wenn man sie nicht weit genug draußen entsorgte, wo die Strömungen im Gegenteil eher dafür sorgten, dass der Leichnam noch weiter hinausgetrieben und als Fischfutter enden würde. Erst vor Kurzem hatte sie einen Artikel in einer Fachzeitschrift über eine perfide Methode der Mafia gelesen. Wenn die eine Leiche im Wasser verschwinden lassen wollte, dann umwickelten die für die Entsorgung Verantwortlichen die sterblichen Überreste mit Stacheldraht. Körper, die über einen längeren Zeitraum im Wasser lagen, blähten sich durch die Fäulnisgase auf und trieben dadurch an die Oberfläche wie ein Ballon. Der Stacheldraht verhinderte das, indem er die Haut perforierte und die Gase ins Wasser entließ. Mit dem Ergebnis, dass der Leichnam wieder zu Boden sank, wo man ihn vermutlich so schnell nicht finden würde.

Claude wollte nicht in den Kopf, warum der Pilot ein solches Risiko eingegangen war, den Mann aus der offenen Tür aus dem Flugzeug zu stoßen. Falls es so gewesen war. Es könnte sich dabei auch um einen Heißluftballon gehandelt haben. Das würde sie später überprüfen müssen. Aber das wäre aufgefallen, wenn so ein Ding mitten in der Nacht irgendwo abgehoben wäre. Erstens macht das Gebläse beim Abheben einen Riesenlärm und zweitens wäre die Flamme in der Dunkelheit deutlich zu erkennen gewesen. Claude war sich sicher, dass es sich um ein Kleinflugzeug gehandelt haben musste.

Natürlich verfügten moderne Kleinflugzeuge über Autopilot, aber sie meinte sich zu erinnern, dass dieser erst ab einer gewissen Höhe funktionierte. Wie sie es auch drehte und wendete, es wollte ihr nicht in den Sinn. Jemanden während des Flugs aus einem Flugzeug zu befördern, war jedenfalls nicht ungefährlich. Sollte da etwas schieflaufen, blieben einem als Pilot nur wenige Sekunden, um zu handeln.

Claude schlug den Notizblock mit ihren Berechnungen zu, faltete ihre Hände darüber und schloss die Augen. Die Fahrt in die rechtsmedizinische Abteilung nach Flensburg würde noch eine ganze Weile dauern. Als sie wegdämmerte, schickte sie ein Stoßgebet gen

Himmel, dafür, dass Bestatter, ebenso wie die Toten selbst, während der Fahrt recht wortkarg waren. Eigentlich hätten zwei Angestellte des Bestattungsunternehmers kommen müssen, aber in dem Fall hatte der zuständige Bestatter ein Auge zugedrückt, damit sie direkt mit ihm zurückfahren konnte. Claude bereitete sich mental auf eine der schlimmsten Obduktionen vor, die sie je durchgeführt hatte.

Penny und Schoki bauten ihre Laptops in Gabriels Zimmer, das am größten von allen dreien war, auf, sorgten für eine stabile Internetverbindung und warteten auf neue Informationen, mit denen sie weiterarbeiten konnten. Bisher gab es weder von Claude, die vermutlich noch auf dem Weg nach Flensburg war, noch von Gabriel und Merle etwas Neues.

»Und jetzt?«, fragte Penny.

Schoki zuckte mit den Schultern. »Gibt's hier 'nen Wellnessbereich?«

»Ich vermute eher nicht«, sagte Penny. »Komm, lass uns Blablaquatschi aus seiner Transportbox holen.« Sie bückte sich nach der kleinen Kiste und öffnete die Schnappverschlüsse, die Deckel und Unterteil miteinander verbanden. Kaum hatte sie das obere Teil ein Stück weit angehoben, flitzte der kleine Kerl auch schon aus seinem Gefängnis. Quietschend und murmelnd sah er sich im Zimmer um und sprang aufs Bett, wo er sich zusammenrollte und die beiden Frauen mit seinem Kopf auf den Schwanz gebettet beobachtete. Seine schwarzen Knopfaugen glänzten wie Onyxe. Er schmatzte ein paarmal genüsslich und schließlich fielen ihm die Augen zu.

»Genau, Blablaquatschi. Du hast aber auch einen harten Tag hinter dir«, sagte Schoki und lachte.

Plötzlich hörten sie jemanden vor der Tür. Gabriel und Merle kamen zurück.

»Na, habt ihr beiden was herausgefunden?«, fragte Penny.

»Wir waren Kaffee trinken«, antwortete Merle und lachte.

»Ihr wart was?« Schoki sah die beiden aus zusammengekniffenen Augen an. »Ich glaub's ja nicht. Was ist mit diesem Pussy-Dings? Wart ihr nicht dort?«

»Natürlich waren wir dort.« Gabriel konnte sich ein Grinsen nicht verkneifen.

»Und? Jetzt lasst euch doch nicht alles aus der Nase ziehen!«, sagte Penny und stemmte ihre Hände in die Hüften. »Was habt ihr herausgefunden?«

»Zunächst einmal ist das ›Pussy-Lovers‹ nicht das, wofür ihr es haltet«, sagte Merle. »Ich bin voll drauf reingefallen. Es ist ein Katzencafé!«

»Moment mal, Gabe. Du hast, als du nach der Adresse gegoogelt hast, nicht nachgesehen, worum es sich dabei handelt?« Penny schüttelte den Kopf, dass ihr langer blonder Zopf hin und her flog. »Ich glaubs ja nicht! Da hast du ein Smartphone und nutzt es nur zur Hälfte.« Sie musste lachen und die anderen stimmten mit ein.

»Tja, was soll ich sagen? Der Name war ja eindeutig, oder?«

»Wusste ich doch, dass du vorhin gelogen hast«,

zischte Merle. »Du hast mich direkt ins offene Messer laufen lassen.«

»Leute, zurück zum Thema«, sagte Schoki, nachdem sie sich die Lachtränen aus dem Gesicht gewischt hat. »Ihr wart doch nicht einfach so Kaffee trinken, oder? Bestimmt habt ihr was herausgefunden.«

»Rausgefunden wäre vielleicht etwas übertrieben, aber es könnte sein, dass wir eine Spur haben, die uns zur Identität unseres Opfers führt.«

»Ah, das Foto, dass du uns vorhin geschickt hast?«, fragte Penny. »Wer ist das?«

»Du hast das Foto kommentarlos verschickt?« Merle schüttelte ihren Kopf. »Das ist Hendrick Jannen, Stadtrat.« Anschließend fasste sie den Inhalt ihres Gesprächs mit Frau Broder, der Inhaberin des Cafés, zusammen.

»Der sieht unserer Leiche ja schon ein wenig ähnlich«, meinte Schoki. »Was sagt Claude denn dazu?«

»Hat sich noch nicht gemeldet«, antwortete Merle. »Wobei die jetzt erst mal eine nicht ganz so schöne Aufgabe vor sich hat.«

Gabriel wandte sich an Schoki: »Sag mal, kannst du dich mit deinem Laptop in die Telefonanlage des Hotels hacken?«

Schoki sah ihn gespielt entsetzt an. »Spinnst du? Für wen oder was hältst du mich? Natürlich kann ich das. Das ist eine meiner leichtesten Übungen. Darf ich fragen, was du im Schilde führst?«

»Das erkläre ich dir, wenn ich weiß, mit wem Herr Brandner in den vergangenen zwei Stunden telefoniert hat. Ich bräuchte bitte sämtliche Anschlusskennungen, sowohl die der ausgehenden als auch der eingehenden Anrufe.« Gabriel setzte sich aufs Bett und streichelte

Blablaquatschi, der die Zuwendung mit einem Gurren quittierte. »Ach, und Schoki?«

»Ja?«

»Könntest du das auch bei seinem Handy machen?«, fragte Gabriel.

»Nur, wenn wir den Netzbetreiber kennen – und das dürfte schwierig werden, denn heutzutage kannst du mit deiner Vodafonenummer bequem zur Telekom wechseln und umgekehrt«, meinte Schoki. »Hast du seine Nummer überhaupt?«

»Steht auf der Website im Impressum«, sagte Penny und diktierte sie ihr.

»Versuch's mal mit der Telekom. An der Wand hinter dem Tresen ist ein laminiertes Schild mit den Zugangsdaten zum Telekom-Hotspot. Ich gehe davon aus, dass das auch der Netzbetreiber seines Handys sein dürfte.«

Schoki öffnete ein paar Programme und Websites auf ihrem Laptop und tippte wild auf ihrer Tastatur herum. Wenige Minuten später hatte sie alle entsprechenden Rufnummern des angeforderten Zeitraums an Gabriels Handy geschickt.

»Irgendwann musst du mir mal zeigen, wie das funktioniert«, sagte Gabriel.

»Glaub mir, es ist besser, wenn du das nicht weißt.« Schoki schüttelte den Kopf und lachte. »Dann wäre ich nämlich arbeitslos.«

KAPITEL ACHT

»Wusste ich's doch!« Gabriel reckte die Faust in die Luft und führte einen Freudentanz auf.

»Was wusstest du?«, fragte Merle.

»Brandner hat mit der Stadtverwaltung telefoniert, genauer gesagt mit dem Anschluss des Vorzimmers vom Bürgermeister«, sagte er. »Zuvor hat er es einige Male bei Jannens Anschluss versucht. Das heißt, dass sein Anruf und das Erwähnen von ›nicht da‹ etwas mit unserer Leiche zu tun haben könnte.«

»Außerdem würde das auch erklären, warum Jannen sich nicht bei Frau Broder im Café hat blicken lassen«, ergänzte Merle. »Haben wir Jannens Anschrift?«

»Noch nicht«, sagte Schoki. »Aber ich bin schon dabei. Gib mir zwei Minuten.«

Kurz darauf schnappte sich Merle ihre Jacke und folgte Gabriel aus dem Zimmer. Sie wollten Jannen einen Besuch abstatten, um festzustellen, ob der noch unter den Lebenden weilte. Sollte der ihnen nämlich die Tür öffnen, waren sie auf der falschen Spur. Allein die Ähnlichkeit von Jannens Foto aus dem Internet mit dem deformierten Gesicht der Leiche war noch kein Beweis dafür, dass es sich bei dem Toten tatsächlich um Hendrick Jannen handelte – allenfalls um ein Indiz.

Als die beiden die Treppen hinabliefen und um die Ecke bogen, wären sie beinahe in jemanden hineingelaufen.

»'tschuldigung«, rief Merle und wollte schon weitergehen und Gabriel nach draußen folgen, als sie von der Person aufgehalten wurde.

»Merle Winter?«, fragte der Mann.

Aus einem Reflex heraus antwortete sie mit »Ja« und biss sich augenblicklich auf die Zunge. »Wer sind Sie? Kennen wir uns?«

»Hajo Eggen vom *Friesischen Boten*«, stellte er sich vor.

»Woher …«, setzte Merle an, wurde aber von Eggen unwirsch unterbrochen.

»Fragen Sie das ernsthaft? Seien Sie lieber mal froh, dass noch nicht alle Wittdüner darüber Bescheid wissen, dass Sie und ihre Mannschaft hier sind und was Sie hier treiben. Kein Wunder, so stümperhaft wie Sie sich hinter der Düne verhalten haben.«

»Also doch!«, zischte Merle. »Sie haben uns fotografiert. Ich muss Sie auffordern, uns augenblicklich das Bildmaterial zu übergeben oder vor unseren Augen unwiderruflich zu löschen.«

»Ach, muss ich das?« Hajo Eggen lachte.

»Was ist hier los?«, fragte Gabriel, der kehrtgemacht hatte und nach dem Rechten sehen wollte.

»Herr Eggen vom *Friesischen Boten* weigert sich, das Bildmaterial herauszugeben, das er von uns gemacht hat«, erklärte Merle. »Ich wusste doch, dass da jemand fotografiert hatte.«

»Was haben Sie damit vor?«, fragte Gabriel. »Sie schneiden sich ins eigene Fleisch, wenn Sie einen Artikel über die aufgefundene weibliche Leiche hinter den Dünen schreiben.« Er hoffte, dass Eggen den Köder schluckte und damit herausfinden konnte, wie viel der Reporter tatsächlich wusste.

»Herr Behrens, ich bitte Sie. Eine weibliche Leiche? Ein Blinder mit Krückstock hätte aus 200 Metern Entfernung erkannt, dass es sich dabei um einen Mann handelt.« Eggen lachte abermals, dann ging sein kehliges Gelächter in einen Hustenanfall über, der klang, als wäre er bereits sein ganzes Leben lang Kettenraucher.

»Woher zum Teufel kennen Sie unsere Namen?«, fuhr Gabriel den Mann an und stand kurz davor, ihn sich zur Brust zu nehmen. Er konnte es auf den Tod nicht ausstehen, wenn ihn jemand so vorführte. Weder waren sie namentlich angemeldet worden, noch hatten sie mit Personen gesprochen, denen sie ihre Namen verraten hatten. Außer mit Brandner. Und Antje Höfer und Henning Petersen, den diensthabenden Polizisten. Gabriel musste wieder daran denken, wie die beiden Karten gespielt hatten, und er ärgerte sich augenblicklich über die beiden – und sich selbst.

Was weiß der Mann?, fragte er sich. Er legte sich gedanklich bereits eine Verhörtechnik zurecht.

»Ich habe meine Quellen. Mich führen Sie nicht aufs Glatteis, Behrens«, sagte Hajo Eggen, der sich inzwischen von seinem Hustenanfall erholt hatte. »Und eines kann ich Ihnen jetzt schon verraten: Ohne mich werden Sie den Fall nicht lösen können.«

»Wenn Sie etwas wissen, dann rücken Sie auf der Stelle mit den Informationen raus. Sie dürften wissen, dass sie dazu verpflichtet sind, sofern das Zeugnisverweigerungsrecht nicht auf Sie zutrifft«, klärte Merle den Reporter auf.

»Ich? Zu irgendwas verpflichtet? Dass ich nicht lache«, verhöhnte Eggen sie. »Hier ist meine Karte, für den Fall, dass Sie sich für eine Kooperation entscheiden.« Und damit verschwand der Mann so plötzlich, wie er aufgetaucht war.

»Was zum Geier war das eben?« Gabriel sah Merle an, die sich nach wie vor nicht vom Fleck bewegt hat.

»Ich habe keine Ahnung«, sagte sie. »Ganz koscher war der jedenfalls nicht. Was tust du?«

»Ich rufe Heinrichsen an, der soll sich um den Fatzke kümmern und ihn uns vom Hals schaffen.«

»Wie bitte?« Merle konnte nicht glauben, was ihr Gabriel erzählte. »Heinrichsen will, dass wir mit *dem* kooperieren? Das kann nicht sein Ernst sein.«

»Doch, das ist sein absoluter Ernst. Wenn es der schnellstmöglichen Aufklärung des Falls dient, scheint ihm jedes Mittel recht.« Gabriel zuckte mit den Schultern. »Ich fürchte, uns bleibt nichts anderes übrig, als uns seiner Anweisung zu fügen.«

»Meine Güte! Das darf doch nicht wahr sein.« Merle verstand die Welt nicht mehr. »Sind die Leute jetzt alle völlig durchgedreht? Was bildet sich der Paparazzo überhaupt ein? Will der ein wenig Detektiv spielen, oder was? Vielleicht spekuliert er auf eine gute Story und den Pulitzerpreis?«

»Sieh es doch mal von der Seite: Wir beschäftigen ihn ein wenig mit Botengängen. Soll er ein wenig für uns herumschnüffeln, wenn er meint. Und wer weiß, vielleicht ist er ja tatsächlich im Besitz brauchbarer Informationen. Falls dem so ist, dann werde ich ihm die entlocken. Ich bin schließlich Verhörspezialist, schon vergessen?« Gabriel lachte. »Im Internetzeitalter hält sich jeder für einen Kriminologen. Seit es Seiten wie *Allmystery* gibt, wo unter anderem wahre, ungelöste Kriminalfälle diskutiert werden, fühlt sich jede Hausfrau dazu berufen.«

»*Allmy*-was?«, fragte Merle.

»Kannst du gleich mal auf deinem Handy googeln, während wir zu Jannen fahren.«

Sie stiegen in den Wagen und fuhren zu der Adresse, die Schoki Gabriel vorhin aufs Handy geschickt hatte. Er war begeistert, wie einfach es jetzt war, dorthin zu navigieren. Nur auf die Anschrift klicken und die Karten-App öffnete sich und lotste einen bis vor die Haustür. Es war ihm ein Rätsel, wie er sich der neuesten Technik gegenüber so lange hatte verschließen können.

Zehn Minuten später fuhren sie eine Kieseinfahrt entlang, an deren Ende Gabriel den Wagen vor einer großen Doppelgarage parkte.

Er und Merle stiegen aus und gingen die Stufen zur Eingangstür des Wohnhauses hinauf. Ein für diese Region typischer roter Klinkerbau mit grauen Dachschindeln, Fenstern mit aufgeklappten Fensterläden aus Holz und einer doppelflügligen Tür, durch die ein Elefant gepasst hätte – quer.

Merle drückte auf den Klingelknopf und wartete. Irgendwo im Innern des Hauses brannte Licht, das sie durch die kleine, in die Tür eingelassene Milchglasscheibe schimmern sah.

»Es sollte eigentlich jemand zu Hause sein«, murmelte sie, dann hörte sie etwas. »Ah, da kommt jemand.«

»Ja? Was kann ich für Sie tun?« Ihnen gegenüber stand eine etwa dreißig- bis fünfunddreißigjährige Frau in Kimono. Die braunen Haare trug sie hochgesteckt und sie lächelte die beiden freundlich an, wobei das Lächeln ihre Augen nicht erreichte.

»Frau Jannen? Wir sind vom Gewerbeamt«, improvisierte Gabriel. »Mein Name ist Keno Scherer und das hier ist meine Kollegin Ariane Klingseisen.« Er deutete auf Merle. »Wir müssen dringend mit Hendrick Jannen sprechen. Ist er da?«

Die Frau musterte die beiden skeptisch. »Kerstin Jannen, ja. Von einem Termin mit dem Gewerbeamt hat mir mein Mann nichts erzählt«, sagte sie schließlich.

»Wir haben keinen Termin«, klärte Gabriel die überraschte Frau auf. »Es geht um eine kleine Formalität wegen …«

»Ach so«, unterbrach ihn Frau Jannen, »es geht um das leidige Thema Katzencafé? Sagen Sie das doch gleich. Kommen Sie rein. Oder geht es um die Baugenehmigung dieser neuen Hotelanlage?« Sie winkte sie hinein und wies ihnen den Weg ins Wohnzimmer. »Nehmen Sie doch Platz, Hendrick müsste jeden Augenblick nach Hause kommen.« Frau Jannen sah auf die Uhr. »Normalerweise verspätet er sich nie oder sagt wenigstens Bescheid, wenn er nicht pünktlich nach Hause kommt.«

Merle musste sich ein Grinsen verkneifen, als sie sich auf der gemütlichen Couch im Wohnzimmer niederließen. Das war ja einfacher als gedacht. Gleichzeitig rügte sie sich in Gedanken dafür, sich selbst keinen Plan zurechtgelegt zu haben. Sie hätte sich glatt mit ihrem richtigen Namen vorgestellt – und womöglich auch noch ihrem Dienstgrad. Dann säßen sie jetzt nicht hier auf der Couch, sondern in ihrem Wagen.

»Möchten Sie etwas trinken?«, fragte Frau Jannen. »Tee, Kaffee? Oder etwas anderes?«

»Für mich einen Kaffee bitte«, sagte Merle.

»Wasser für mich, bitte.« Gabriel sah Frau Jannen hinterher, wie sie durch die Tür verschwand.

»Puh, zum Glück warst du so geistesgegenwärtig und hast mitgedacht«, flüsterte Merle. »Ich hätte uns glatt verraten und dann wäre der Plan dahin gewesen.«

»Das habe ich mir fast gedacht«, sagte Gabriel ebenso leise, damit Frau Jannen sie nicht hören konnte, für den Fall, dass sie gleich wieder zurückkommen sollte. »Aber du warst so sehr ins Lesen auf deinem Handy vertieft, da wollte ich dich nicht damit belasten.«

»Ja, die Seite *Allmystery* ist wirklich interessant. Komisch, dass ich noch nie davon gehört habe.« Merle schüttelte den Kopf. »Und jede Menge Experten sind da drin. Der Yogtze-Fall zum Beispiel. Ein Kommentar besser als der andere. Die glauben echt, dass wir Polizisten alle auf der Brennsuppe dahergeschwommen sind, oder?«

Gabriel grinste und legte dann einen Finger an die Lippen. Er sah sich im Wohnzimmer um. An den Wänden hingen Kunstdrucke von Dali und zu seiner Linken entdeckte er einen amerikanischen Kamin mit Sims, auf dem jede Menge Tand stand. Unterschiedliche Kristall- und Porzellanfiguren, aber auch Fotos waren liebevoll darauf arrangiert. Eines davon zeigte Hendrick Jannen mit seiner Frau, vermutlich war es ihr Hochzeitsfoto. Die beiden wirkten glücklich. Kinderfotos sah er nirgends, woraus er schloss, dass das Paar vermutlich kinderlos war.

Da kam Frau Jannen auch schon mit den Getränken zurück und stellte diese vor ihnen auf dem Tisch ab. Sie warf abermals einen Blick auf ihre Armbanduhr. »Komisch, dass er sich nicht meldet. Ich rufe ihn mal an.« Sie griff nach dem Mobilteil des schnurlosen Telefons, das auf dem Tisch lag, wählte einen Eintrag aus dem Telefonbuch und hielt es sich ans Ohr.

The person you are calling ist temporarely unavailable …

»Machen Sie sich keine Umstände, Frau Jannen«, sagte Merle und nippte an ihrem Kaffee. Das Getränk belebte augenblicklich ihren Geist und Körper. »Wir treffen ihn ja spätestens nächste Woche wieder bei der Stadtratssitzung.« Merle hatte die Wartezeit damit verbracht, zu googeln, wann die nächste Stadtratssitzung stattfand, und erntete dafür einen anerkennenden Blick von Gabriel.

»Natürlich«, sagte Frau Jannen. »Hendrick hätte die Themen lieber heute als morgen vom Tisch.«

Merle und Gabriel sahen sich an, standen auf und ließen sich zur Tür bringen. Jetzt waren sie zwar immer noch nicht sicher, ob Hendrick Jannen lebte oder tatsächlich ihr Toter war, aber sie hatten ein weiteres Indiz, das dafürsprach, dass er es sein könnte.

»Erstmal«, sagte Gabriel, dem gerade noch rechtzeitig eingefallen war, dass sich die Einheimischen hier so verabschiedeten. Wenigstens wusste er, dass das auf Sylt der Fall war und hoffte, dass das auch für Amrum galt. Am besten wäre es gewesen, er hätte das Merle überlassen, sie stammte schließlich von Pellworm und kannte die hiesigen Gepflogenheiten – zumindest besser als er.

Die beiden fuhren wieder zurück zum Hotel und hofften, dass Claude bereits Neuigkeiten für sie hätte, doch die hatte sich bislang nicht gemeldet. Der erste Tag war so gut wie vorbei und sie waren noch keinen Schritt weitergekommen. Zwar hatten sie eine Theorie, was das Ableben der Person betraf, und einen Verdacht, um wen es sich dabei handeln könnte, aber in Stein gemeißelt war nichts davon. Nun galt es, alles daranzusetzen, schnellstmöglich die Identität des Opfers zu klären, damit sie überhaupt eine Chance hatten, den Täter zu finden und die Hintergründe aufzudecken.

»Jannen hat also etwas mit der Schließung des Cafés und einer Baugenehmigung für ein Hotel zu tun«, murmelte Merle, der es jetzt leidtat, dass sie bei Frau Jannen an dem Punkt nicht nachgehakt hatte. Aber ein falsches Wort, und ihre Tarnung wäre aufgeflogen. Sie würden noch früh genug herausfinden, was es damit auf sich hatte.

Gabriel drehte das Kärtchen, das ihm Hajo Eggen überreicht hatte, zwischen den Fingern.

»Du überlegst doch nicht ernsthaft, den anzurufen«, sagte Merle und setzte Penny und Schoki ins Bild, was kurz vor ihrer Abfahrt zu Jannen und später vor Ort geschehen war.

»Ich fürchte, uns bleibt nichts anderes übrig, als ihn einzubeziehen. Du hast ja gehört, was Heinrichsen gesagt hat.« Gabriel zog sein Handy aus der Tasche und wählte die Nummer des Reporters.

Penny, Schoki und Merle sahen ihn mit hochgezogenen Augenbrauen an.

»Ihr dürft mir glauben, dass es mir anders auch lieber wäre. Nur sehe ich das Problem, dass wenn wir nicht kooperieren, der Schmierfink uns in die Parade fahren könnte. Zudem behauptet er, etwas zu wissen, das uns weiterhelfen könnte. Warum nicht zwei Fliegen mit einer Klappe schlagen?« Er hielt sich das Handy ans Ohr.

»Ah, *gud dai*, Herr Behrens. Das ging ja schneller, als ich dachte«, begrüßte ihn der Reporter mit der unverkennbaren Joe Cocker-Stimme.

KAPITEL NEUN

»Ich fürchte, wir brauchen Ihre Hilfe«, sagte Gabriel.

Stille am anderen Ende der Leitung, dann folgte ein Hustenanfall epischen Ausmaßes. Als sich sein Gesprächspartner wieder gefangen hatte, lachte er.

»Ich hätte da vielleicht die eine oder andere Information für Sie«, sagte dieser vielsagend und ließ die Aussage in der Luft hängen.

Gabriel hielt nicht viel davon, wenn jemand keine klaren Ansagen machte. Das Herumgeeiere dieses lokalen Zeitungsfuzzis ging ihm auf jeden Fall jetzt schon gehörig auf die Nerven.

»Hören Sie zu, wir haben nicht viel Zeit für solche Spielchen. Ich schlage vor, wir treffen uns morgen um 8 Uhr zum Frühstück hier im Hotel. Na, was sagen Sie? Haben wir einen Deal?«

Wieder Stille in der Leitung. Gabriel glaubte, die Rädchen zu hören, und sah bildhaft vor sich, wie sie sich in Eggens Kopf drehten. Vermutlich überlegte der gerade, wie er den größtmöglichen Profit aus der Sache schlagen konnte.

»Deal«, sagte Eggen schließlich. »Bis morgen um 8 Uhr bei Ihnen im Hotel.«

Gabriel schob sein Handy wieder ein und blickte seine drei Kolleginnen an. »Ihr wisst ja, was Heinrichsen gesagt hat: Wir sollen kooperieren, wenn es sein muss. Und in dem Fall sehe ich leider keine andere Lösung. Habt ihr eine bessere Idee?«

»Wir könnten ihn wegen Beweisvereitelung festsetzen«, schlug Schoki vor.

»Das wäre eine Möglichkeit«, sagte Gabriel. »Allerdings dürft ihr nicht vergessen, dass sich hier so etwas wie ein Lauffeuer verbreitet – und das ist das Letzte, das wir gebrauchen können.«

»Ja, da hast du natürlich recht«, pflichtete ihm Schoki zähneknirschend bei.

»Weiß der, dass wir zum Team gehören?«, fragte Penny.

»Ich schätze schon«, meinte Gabriel. »Schließlich wusste er auch, dass die Leiche männlich ist.«

»Schade«, murmelte Penny und strich sich eine Strähne hinters Ohr. »Dann hätte ich ihm nämlich ein bisschen auf den Zahn fühlen können.«

»Wir könnten ihn doch trotzdem unter die Lupe nehmen«, schlug Schoki vor. »Wir schnappen uns den Wagen, fahren zu ihm und schauen mal, was der so treibt. Ganz koscher ist der Typ ganz bestimmt nicht.«

»Wozu soll das gut sein?«, fragte Merle.

»Wartet mal«, sagte Gabriel. »Das ist vielleicht gar keine so schlechte Idee. Solange wir nicht wissen, wer unser Opfer ist, schadet es vielleicht nicht – zumal er ja zu wissen scheint, um wen es sich dabei handelt. Zumindest hat dieser Eggen behauptet, dass wir den Fall ohne seine Hilfe nicht lösen können.«

Penny wandte sich an Schoki: »Kannst du seine Adresse herausfinden? Dann schauen wir nachher mal, was der so treibt. Schließlich kann es nicht schaden, wenn wir uns im Vorfeld ein wenig schlaumachen, mit wem wir es zu tun haben.«

Schoki sah Penny an. »Nenn mir eine Sache, die ich nicht herausfinden kann.«

Gabriel klatschte in die Hände, was Blablaquatschi zum Anlass nahm, sich ausgiebig zu strecken und seine Ration Futter einzufordern. »Dich füttere ich gleich, mein kleiner pelziger Freund.« An seine Kolleginnen gerichtet sagte er: »Ich schlage vor, wir gehen gemeinsam was essen. Hier in Wittdün gibts bestimmt ein nettes Lokal.«

»Das war deine bisher beste Idee heute«, sagte Merle und schmunzelte. »Obwohl …«

»Und danach«, fiel Gabriel Merle ins Wort, bevor sie sich noch zu etwas hinreißen ließ, »könnt ihr beiden, Penny und Schoki, gern Hajo Eggen beschatten. Dann sind wir ihn vielleicht schneller los, als uns lieb ist.«

Penny und Schoki rieben sich die Hände und setzten sich an den Tisch, um einen Plan zu schmieden.

Gabriel kraulte Blablaquatschi und machte sich daran, dessen Futternapf zu füllen. Kaum stand dieser bereit, stürzte sich das Fellknäuel darauf, als hätte er tagelang nichts mehr zu fressen bekommen. Laut schmatzend schob er sich mit beiden Vorderpfoten das Fleisch in die Backen und brachte damit alle zum Lachen.

»Gabe, ich hoffe ja, dass du beim Essen nachher bessere Manieren an den Tag legst.« Merle prustete los.

»Haha. Sehr witzig.« Gabriel sah auf die Uhr. »Komisch, Claude hat sich bisher nicht gemeldet. Was dauert denn da so lang?«

Nachdem Claude die in der Wanne des Seziertisches liegende Leiche entkleidet hatte, waren ihr die unzähligen Wunden aufgefallen, die zuvor nicht erkennbar gewesen waren. Die gebrochenen Rippen hatten die Haut an mehreren Stellen punktiert und ragten spitz heraus. Der Tod muss augenblicklich eingetreten sein, denn es war kaum Blut auf dem Hemd, zumindest nicht in der Menge, wie man es bei solchen Verletzungen erwarten würde. In Krimis sah man immer, dass die Leute nach Stichverletzungen oder Schüssen noch eine ganze Zeit lang weiterbluteten, aber das war Quatsch. Sobald das Herz zu schlagen aufhörte, wurde auch kein Blut mehr durch die Adern gepumpt, der Kreislauf kam zum Erliegen und es gab nur noch eine kleine Menge Blut, die aus den Wunden austrat. In dem Fall wunderte es Claude aber dann doch, dass der Mann den Sturz äußerlich halbwegs unbeschadet überstanden hatte. Was man von seinem Innenleben nicht behaupten konnte.

Sobald Claude ihr Skalpell zum Y-Schnitt angesetzt hatte, war ihr der Brei schon entgegengeschwappt. Wie sie bereits vermutet hatte, war kein Organ, kein Knochen im Körper des Mannes heil geblieben. Beim Feststellen und Aufzeichnen der Verletzungen hätte sie weniger zu tun gehabt, wenn sie aufgezählt hätte, was noch halbwegs in Ordnung war – aber selbst das half dem nackten Mann auf der Leichenmulde vor ihr nicht mehr.

Er hatte ein hübsches Gesicht, stellte Claude fest, obwohl dieses stark aufgedunsen und geschwollen war. Zu Lebzeiten war er bestimmt ein Frauenheld gewesen.

Claude verfügte über ein dickes Fell, wusste aber gleichzeitig, dass sie dieser Fall eine ganze Weile verfolgen würde.

Als sie fertig war und alles vernäht hatte, schob sie seufzend einen Leichentransportwagen an den Tisch und zog die Mulde auf die Rollbahn, wo sie diese einschnappen ließ. Sie öffnete das für diese Person reservierte Kühlregal, fuhr sie den Transportwagen in die korrekte Höhe, entriegelte die Mulde und schob sie hinein. Dann drückte sie die Tür des Faches zu, bis diese hörbar einrastete.

Claude streifte sich die Handschuhe ab und zog ihre blutige Schürze aus. Einmal mehr fühlte sie sich wie eine Metzgerin. Heute war es besonders schlimm gewesen. So etwas hatte sie bisher noch nicht erlebt. Jetzt brauchte sie erst mal eine Dusche und danach würde sie Gabe anrufen, um ihm ihre Erkenntnisse mitzuteilen.

Gabriel, Merle, Penny und Schoki hatten sich für ein Fischrestaurant direkt am Strand entschieden. Die hintere Seite, die zum Meer zeigte, bestand aus einer riesigen Glasfront, die ihnen einen atemberaubenden Blick auf das Meer bot, wo die Sonne den Horizont tiefrot färbte, zumindest an den Stellen, wo die dicke Wolkendecke es zuließ.

Das Restaurant selbst wirkte wie aus der Zeit gefallen. Weiß lackierte Holzstühle mit Hussen, die mit Ankern, Schiffen und Fischen bestickt waren. Die Tischdecken waren frisch gestärkt und die Tische liebevoll dekoriert. Wer auch immer dafür zuständig war, hatte hierin seine Berufung gefunden. Seesterne, kleine Netze, Kerzen in Miniaturleuchttürmen – alles war perfekt aufeinander abgestimmt und allein beim Betrachten überkam einen das Gefühl, hier zu Hause zu sein.

»Wisst ihr schon, was ihr zu essen nehmt?«, fragte Gabe in die Runde.

»Die Schlachtplatte für zwei hört sich doch ganz gut an«, meinte Penny. »Wollen wir uns die teilen, Schoki?«

»Schlachtplatte? Das klingt ja widerlich!« Schoki zog eine Grimasse. »Ich schwanke zwischen Salat und Schnüüsch.«

»Gesundheit!«, sagte Penny und alle lachten.

Nachdem sie gegessen hatten, besprachen sie die Vorgehensweise, betreffend die Observation des Reporters. Sie einigten sich darauf, den Wagen in ausreichender Entfernung von Hajo Eggens Wohnung zu parken und sich dann nach einer geeigneten Stelle umzusehen. Schräg gegenüber seinem Haus war laut Google Maps ein Bistro mit Außenbereich, der sich geradezu dafür anbot.

Sie bezahlten ihre Rechnung und während Gabriel und Merle zum Hotel zurückgingen, fuhren Penny und Schoki zum Bistro, um das eine oder andere über Hajo Eggen herauszufinden. Es konnte nicht schaden, ein Ass im Ärmel zu haben, wenn sie sich morgen mit ihm trafen.

KAPITEL ZEHN

Es war schon fast 20 Uhr, als Claude sich endlich mit dem vorläufigen Obduktionsergebnis bei Gabriel meldete. Das endgültige Ergebnis stand fest, sobald ihres durch den leitenden forensischen Pathologen in Flensburg bestätigt wurde. Nichtsdestotrotz wussten sie jetzt mit Bestimmtheit, was Claude bereits bei der äußeren Leichenschau vermutet hatte: Der Mann war aufgrund eines Sturzes aus mindestens 500 Metern beziehungsweise den daraus resultierenden Verletzungen ums Leben gekommen.

In dem Bericht, den sie ihm per Mail geschickt hatte, standen allerlei medizinische Fachbegriffe wie Abdominaltrauma und Thoraxverletzungen, mit denen weder Gabriel noch Merle viel anzufangen wussten, aber Claude hatte wie immer alles zusammengefasst und auf den Punkt gebracht: Sämtliche inneren Organe des Mannes waren verletzt, kein Knochen in seinem Körper mehr heil. Unter dessen Kleidung war das ganze Ausmaß des Sturzes auf seiner Haut abgebildet. Unzählige Knochenbrüche, Hämatome, Gehirnblutung, Darmperforation – das volle Programm. Würde man dieses Verletzungsbild reproduzieren wollen, wäre das vermutlich nur unter Zuhilfenahme einer Schrottpresse möglich.

Der Sturz hatte Claudes Berechnungen zufolge etwa zehn bis fünfzehn Sekunden gedauert, abhängig von der Höhe. Auftrieb und Luftwiderstand hatte sie außen vor gelassen, da diese Faktoren in diesem Fall keine sonderlich große Rolle spielten. Interessant war das Detail, dass der Mann vor seinem Sturz entweder freiwillig oder unfreiwillig Benzodiazepin zu sich genommen hatte. Claude sprach in ihrem Bericht die Vermutung aus, es könne sich um die Trenddroge Benzos handeln. Sie wirkte angstlösend und beruhigend und bescherte einem nach Einnahme das Gefühl, in Watte gepackt zu sein. Da Claude mit dem Schnelltest nur eine geringe Konzentration davon im Körper des Toten hatte nachweisen können, würden sie hier das Ergebnis des toxikologischen Gutachtens abwarten müssen, das Claude in Auftrag gegeben hatte – mit der Bitte, sich schnellstmöglich darum zu kümmern.

»Claude ist ein Genie«, sagte Merle, während sie die letzten Zeilen des Berichts überflog. Sie saßen zu zweit in Gabriels Zimmer an dem Tisch, weil ihre Ausrüstung in keinem der beiden Doppelzimmer Platz gehabt hätte.

»Sie ist aus gutem Grund bei uns in der Truppe.« Er sah Merle an. »Wie übrigens jeder andere auch.«

Merle errötete und wandte sich wieder dem Bericht zu.

»Claude schreibt, dass es auch für den Piloten ein riskantes Unterfangen war, jemanden während des

Flugs einfach durch die geöffnete Kabinentür zu stoßen. Was hältst du davon?«, fragte Gabriel.

»Es ist schon ewig her, dass ich mit meinem Großvater unterwegs gewesen bin. Damals hatten die Maschinen noch keinen Autopiloten, die neueren Modelle vermutlich schon.« Merle überlegte. »Aber wenn der Sturz nur etwa zehn Sekunden dauerte, dann will ich mir nicht vorstellen, was los ist, wenn der Pilot währenddessen die Kontrolle über das Flugzeug verliert. Er ist also ein großes Risiko eingegangen.«

»Was, wenn noch ein Dritter daran beteiligt war?« Gabriel sah sie an.

»Bist du schon mal in einem Kleinflugzeug geflogen?«, wollte Merle wissen. »Bei den kleineren Modellen ist es für zwei Personen schon ziemlich eng. Klar, gibt es auch größere, aber wenn wir davon ausgehen, dass der Täter unter dem Radar bleiben wollte, dann wird er wohl kaum mit einer Boeing geflogen sein.«

Gabriel lachte. »Da hätte er die Tür vermutlich auch gar nicht so einfach aufbekommen.«

»Oh, schau mal«, sagte Merle und deutete auf die letzte Zeile in dem Bericht.

Dort stand, dass Claude mit ziemlicher Sicherheit davon ausging, dass es sich bei dem Toten um Hendrick Jannen handelte. Um hundertprozentig sicherzugehen, würde Frau Jannen nach Flensburg fahren müssen, um dessen Identität zu klären.

»Jetzt bleibt uns nichts anderes übrig, als die Karten auf den Tisch zu legen und uns zu erkennen zu geben«, sagte Gabriel. »Nicht gut.«

»Schicken wir doch Petersen und Höfer hin. Die haben, wie es aussieht, ohnehin nichts Besseres zu tun.«

»Gute Idee. Lass uns gleich mal hinfahren.« Gabriel stand auf und zog sich die Jacke an.

»Äh, da gibt's nur ein Problem«, sagte Merle, die sich auf ihrem Stuhl zu ihm umdrehte.

»Und das wäre?«

»Penny und Schoki haben den Wagen.«

»Dann gehen wir eben zu Fuß«, schlug Gabriel vor. »Ist ja nicht so weit und ein bisschen frische Luft tut uns bestimmt gut. Morgen steht uns ein langer Tag bevor.« Er hielt Merle seinen ausgestreckten Arm hin.

»Ich weiß nicht.« Merle schaute aufs Bett und gähnte. »Es ist schon spät und mir steckt der gestrige Tag auf Föhr noch in den Knochen. Heute waren wir auch fast den ganzen Tag draußen. Können wir die beiden nicht anrufen und ihnen sagen, dass sie sich darum kümmern sollen?«

»Merlin, so kenne ich dich gar nicht.« Gabriel sah sie an und konnte in ihrem Gesicht ablesen, dass sie dringend eine Pause nötig hatte. Vielleicht war es tatsächlich keine schlechte Idee, die beiden Kollegen anzurufen und für heute Schluss zu machen. Sie konnten jetzt ohnehin nichts ausrichten.

Er zog sein Handy aus der Gesäßtasche, googelte die Nummer der Polizeistation und ließ die Verbindung aufbauen.

»Da geht keiner ran.« Er sah auf die Uhrzeit auf dem Handydisplay, die 20:14 Uhr anzeigte. »Komisch.«

»Na ja, was erwartest du denn?«, sagte Merle und streckte sich, dass ihre Knochen hörbar knackten. »Amrum hat gerade mal etwa 2.350 Einwohner. Die haben bestimmt um 17 Uhr schon die Bordsteine hochgeklappt. Ist ja nicht so, dass es hier jeden Tag Mord und Totschlag gibt.«

»Da hast du vermutlich recht. Dann kümmern wir uns morgen früh gleich als Erstes darum.« Gabriel schlüpfte aus der Jacke und hängte diese an den Garderobenhaken.

»Weißt du eigentlich, ob Claude noch mal kommt?«, fragte Merle.

»Gute Frage. Ihr Job ist im Prinzip erledigt, aber wir könnten ihre Hilfe hier gut gebrauchen, außerdem sind für Zimmer für fünf Personen reserviert. Ich schreibe ihr gleich mal.« Er tippte und wischte über den Bildschirm, schüttelte den Kopf, öffnete und schloss verschiedene Apps, die ihn, wie Merle zu erkennen glaubte, sichtlich überforderten.

»Nimm WhatsApp, das ist die grüne App mit der weißen Sprechblase und dem weißen Hörer darin.«

Gabriel warf ihr einen hilflosen Blick zu. »Irgendwie sind hier alle Apps grün …« Er setzte sich wieder auf den Stuhl neben Merle.

»Gib schon her, ich mache das. Und morgen, wenn ich fit bin, erkläre ich dir die wichtigsten Funktionen dieses Geräts.« Sie streckt ihm die Hand hin und nahm das Smartphone entgegen. »Du musst dir dieses Gerät vorstellen, wie ein menschliches Gehirn. Wusstest du, dass wir unsere Gehirne«, sie tippte sich auf die Stirn, »nur etwa zu zehn bis maximal zwanzig Prozent nutzen?«

Gabe sah sie zweifelnd an. »Na, dass wir es nicht zu hundert Prozent nutzen, so viel steht fest. Die meisten zumindest.« Er lachte, während Merle eine WhatsApp-

Nachricht an Claude abschickte, in der sie diese fragte, ob sie heute noch kommen würde.

»Smartphones wie dieses sind um ein Vielfaches leistungsfähiger als es PCs bis vor ein paar Jahren waren. Unglaublich, oder?«, sagte Merle. »Hättest du dir vor zwanzig Jahren vorstellen können, ein Gerät in der Hand zu halten, das dir das Tor in die ganze Welt eröffnet? Zugang zu beinahe allen Büchern, Informationen und Bildern, einfach alles. Kein Wunder, dass die Jugendlichen heutzutage völlig überfordert sind. Die Reizüberflutungen namens TikTok und YouTube … Unser Hirn kann die vielen Informationen gar nicht mehr richtig verarbeiten, kann Wichtiges von Unwichtigem kaum unterscheiden.«

»Das klingt aber jetzt nicht so, als wären Handys und insbesondere Smartphone etwas, das uns in irgendeiner Weise weiterbringen würde«, murmelte Gabriel und nahm sein Handy wieder entgegen, das er jetzt skeptisch betrachtete.

»Wenn man es richtig benutzt, dann schon. Leider lernen viele Kinder von Anfang an nicht den richtigen Umgang damit.« Merle schüttelte den Kopf und musste lachen. Erst gestern hatte sie auf Föhr eine junge Mutter mit Kinderwagen gesehen, die fortwährend in ihr Handy plapperte, statt ihre Aufmerksamkeit ihrem Sprössling im Wagen vor ihr zu widmen. Auf diese Weise gewöhnten sich die Jüngsten der Gesellschaft bereits daran, dass es vollkommen normal war, diese Teile rund um die Uhr in der Hand zu halten.

»Was ist los?«, fragte Gabriel.

»Ach nichts«, sagte sie und vertrieb die Bilder aus ihrem Kopf. »Erinnerst du dich noch an früher? Als man sich im Schulunterricht heimlich Zettelchen mit ›Willst du mit mir gehen?‹ zugesteckt hat?«

»Was? So was hast du gemacht?« Er warf ihr einen gespielt entsetzten Blick zu.

»Ha, ha. Als ob du das nie getan hättest.« Merle hatte ihn durchschaut, sie konnte in seinem Gesicht wie in einem offenen Buch lesen. »Worauf ich eigentlich hinauswill«, versuchte sie sich geschickt aus der Situation zu winden, »ist, dass das heute per WhatsApp – oder schlimmer noch – per Sprachnachricht geschieht.«

»Du machst Witze, oder?«

»Leider nein. Das ist die bittere Realität. Und das ist noch harmlos.« Merle schüttelte abermals den Kopf, als sie sich an ihre Dienstzeit auf Pellworm erinnerte. »Als ich noch auf Pellworm war, musste ich bestimmt einmal wöchentlich in der Schule antanzen, weil sich die Kids wieder mal Nacktfotos oder Bilder von entblößten Körperteilen zugeschickt hatten.«

»Oha. Und ich dachte, nur die Stadtkids wären so drauf«, murmelte Gabriel, dem die Thematik durchaus bekannt war. »Ich sehe es so, dass es nicht schaden würde, eine Art Medienführerschein zu machen. Vielen ist vermutlich gar nicht bewusst, welche Tragweite ihr unbedachtes Handeln hat. Wenn ein solches Foto einmal die Runde macht und in die Hände des *Richtigen* gerät, kann das ziemlich schnell ziemlich übel enden. In Hannover hatten wir vor Jahren mal einen Fall, da hat sich ein junges Mädel aus dem Fenster gestürzt, weil ihr Ex-Freund, dem sie im Liebesrausch nicht jugendfreie Fotos von sich geschickt hatte, die Bilder später öffentlich, für alle sichtbar ins Netz gestellt hatte.«

»Schlimm, wirklich schlimm«, bestätigte Merle.

»Denen ist nicht einmal ansatzweise klar, welchen irreparablen Schaden die damit anrichten.«

»Wir sind damit aber ganz schön weit von unserem Fall abgedriftet«, sagte Gabriel, der jetzt ebenfalls gähnte.

»Na ja, ich sage mal so: Es schadet sicherlich nicht, sich die Gefahren im Umgang mit solchen Geräten im Allgemeinen und den sozialen Medien im Besonderen immer mal wieder ins Gedächtnis zu rufen«, sagte Merle. »Die haben mindestens ein genauso hohes Suchtpotenzial wie Alkohol und Zigaretten.«

»Und dafür habe ich mein gutes altes Nokia eingetauscht?« Gabriel legte sein Smartphone auf dem Tisch ab und sah es an, als wäre es eine Bombe, die jeden Augenblick explodieren könnte. Dann stand er auf und ging in Richtung Bad. »Warte kurz, ich bin gleich wieder da.«

Als er wenige Minuten später ins Zimmer zurückkam, lag Merle mitsamt ihren Klamotten auf seinem Bett. Sie war eingeschlafen. Blablaquatschi hatte sich an ihren Füßen zusammengerollt und schlief ebenfalls tief und fest. Kurz überlegte er, ob er ein Foto von den beiden machen sollte, entschied sich dann aber dagegen.

Er schnappte sich Merles Zimmerschlüssel, den sie vorhin auf den Tisch gelegt hatte, und ließ die beiden allein. Ein langer Tag lag hinter ihnen, und sie alle hatten etwas Erholung nötig. Irgendwas in seinem Innern sagte ihm, dass dieser Fall ihnen noch einiges abverlangen würde und der heutige Tag nur die Ruhe vor dem Sturm gewesen war.

KAPITEL ELF

Penny und Schoki nahmen an einem kleinen Tisch vor dem auserkorenen Bistro Platz, das damit warb, die besten Krabbenbrötchen auf ganz Amrum zu haben. Wenn sie nicht kurz zuvor zu Abend gegessen hätten, Penny hätte sich eines davon genehmigt. So saßen die beiden mit ihren Tees da, Decken über ihre Beine gebreitet, weil es sich inzwischen merklich abgekühlt hatte. Außer ihnen hatten noch drei weitere Personen vor dem Bistro einen der größeren Tische in Beschlag genommen. Sie vermutete, dass es sich dabei um Einheimische handelte, die ihren Feierabend bei einem Bier ausklingen ließen.

Sie blickte über die Straße und betrachtete die Gebäude auf der gegenüberliegenden Seite. Fast alle beherbergten im Untergeschoss kleine Geschäfte mit darüberliegenden Wohnungen und waren, bis auf wenige Ausnahmen, typische Klinkerbauten. Die Inselstraße war die Hauptschlagader von Wittdün, die das Küstendorf mit Nebel, der Hauptstadt von Amrum, verband. In der Hauptsaison gab es hier kaum ein Durchkommen, aber heute Abend war alles ruhig.

Während Schoki an ihrem Handy zugange war und ein paar Details über Hajo Eggen herauszufinden versuchte, nahm Penny alle Eindrücke in sich auf. Sie konnte sich gut vorstellen, warum die Leute hier lebten, denn Amrum war zweifelsohne ein kleines Stück vom Paradies – zumindest außerhalb der Hauptsaison. Ihr persönlich wäre es hier zu windig und auch viel zu eng, um dauerhaft hier leben zu wollen. Bei den wenigen Einwohnern kannte jeder jeden, und sie liebte die Anonymität der Stadt, die sie gegen nichts auf der Welt tauschen wollte. Nicht einmal gegen den Anblick des Meeres.

»Hier, schau mal.« Schoki hielt Penny ihr Handy hin.

Im Browser war ein Artikel geöffnet, den Eggen vor Kurzem im *Friesischen Boten* veröffentlicht hatte.

»Oha«, sagte Penny, während sie die Zeilen überflog. »Schreiben kann er jedenfalls.«

»Und, was sagst du dazu?«, fragte Schoki.

»Damit dürfte er sich nicht gerade beliebt gemacht haben, schätze ich.«

Der Artikel prangerte Hendrick Jannens Arbeit als Stadtrat an. Offensichtlich war dieser nicht nur im Stadtrat, sondern zugleich im Bauausschuss tätig, wo er unter anderem für die Vergabe von Baugenehmigungen zuständig war. In dem Text hieß es weiter, dass er für einige Geschäftsschließungen im Ort verantwortlich war.

»Interessant«, murmelte Penny. »Kann er das überhaupt?«

»Mit den richtigen Beziehungen zum Gewerbeamt,

bestimmt«, sagte Schoki. »Aber das ist noch nicht alles.« Sie nahm ihr Gerät wieder entgegen und rief einen weiteren Artikel auf. »Hier heißt es unter anderem, dass er während einer Stadtratssitzung gesagt haben soll, dass er auf Amrum *aufräumen* wolle.«

»Aufräumen? Was meint er denn damit?« Penny überlegte. »Das ergibt doch alles hinten und vorne keinen Sinn, oder? Wenn ich mir das so anschaue, dann sollte unsere Leiche doch eher dieser Eggen sein und nicht Jannen.«

»Ich glaube, ich weiß, warum Eggen mit uns *zusammenarbeiten* will«, sagte Schoki und nickte, dass ihre braunen Locken wippten. »Der hat Schiss und verspricht sich davon Sicherheit.«

»Meinst du?« Penny schüttelte den Kopf. »Das glaube ich nicht. Derjenige, der einen triftigen Grund gehabt hätte, Eggen aus dem Weg zu räumen, weilt nicht mehr unter den Lebenden. Da muss was anderes dahinterstecken.«

Wenige Minuten vorher hatte Gabriel ihnen Claudes Bericht weitergeleitet, dem sie entnommen hatten, dass es sich bei dem Toten allem Anschein nach um Hendrick Jannen handelte.

»Da hast du auch wieder recht.« Schoki scrollte weiter und trug noch ein paar mehr Informationen in ihrer Notizen-App zusammen.

»Da! Laut Foto könnte er das sein«, flüsterte Penny und nickte unauffällig in Richtung gegenüberliegender Straßenseite.

Schoki, die neben ihr saß, blickte auf und nickte ebenfalls. »Ja, das könnte er sein. Und er betritt das richtige Haus.«

Wenige Sekunden später ging im Obergeschoss des Klinkerbaus Licht an.

»Und jetzt? Was sollen wir jetzt tun?«, fragte Schoki.

»Kannst du dich in seinen Router hacken?« Penny zuckte mit den Schultern. »Vielleicht können wir so herausfinden, wo er sich im Internet rumtreibt?«

»Wenn er eine WPA2-Verschlüsselung hat, ist es ein Kinderspiel«, sagte Schoki und zog ihren Laptop aus der Tasche. Sie klappte den Deckel auf und öffnete zwei Programme parallel. »Bleibt nur die Frage, welches Drahtlosnetzwerk ihm gehört.« Sie deutete auf eine Liste mit zehn Einträgen.

Penny sah sich die Auflistung an. »Wenn ich raten müsste, würde ich ja sagen, dass es ›Martin Router King‹ ist. Würde zumindest zu einem so schmierigen Typen passen. So wie Merle den Reporter beschrieben hat, würde das passen wie Arsch auf Eimer.«

»Okay, dann wollen wir mal.« Schoki machte ein paar Eintragungen, switchte zwischen den beiden geöffneten Programmen hin und her. »Gleich dürften wir drin sein.«

»Und ich dachte immer, dass WPA-2-Verschlüsselungen sicher wären«, murmelte Penny.

»Vor mir nicht.« Schoki grinste. »Ich bin drin.«

»Und?«, fragte Penny. »Jetzt mach es doch nicht so spannend.«

»Bis jetzt noch nichts. Sobald sich was tut, bekommen wir es als Erste mit.«

Als die Servicekraft kam, um nach dem Rechten zu sehen, bestellten sich die beiden noch eine weitere Runde Tee. Normalerweise tranken sie lieber Kaffee, aber hier, eingebettet in diese traumhafte Kulisse, passte Tee einfach perfekt.

Schoki ließ drei Stücke braunen Kandiszucker in ihr Teeglas fallen und rührte den schwarzen Tee um. Dampf stieg empor und verbreitete ein angenehmes Aroma, das in Verbindung mit der Luft, die hier am Meer vorherrschte, einfach unbeschreiblich war. Von ihrer Großmutter wusste sie, dass man zum Beispiel in alle Süßspeisen, sei es Kuchen oder Pudding, immer eine Prise Salz gab, da dieses das Aroma besonders hervorhebe und verstärke – hauptsächlich in Kombination mit Schokolade. Genau so war es hier mit der salzigen Seeluft.

Ein *Pling* riss sie aus ihren Gedanken, und Schoki widmete sich sofort dem Bildschirm, wo soeben eine Meldung aufgeploppt war. »Ah, jetzt kommt Bewegung in die Sache«, sie lachte. »Und das gleich in doppelter Hinsicht.« Schoki blickte zu dem Gebäude hinüber, in dem der Reporter kurz zuvor verschwunden war.

»Schieß los, was macht er?«

»Moment, eins nach dem anderen«, bremste Schoki sie aus. »Weißt du eigentlich, dass man aus dem Surfverhalten von Leuten mehr herauslesen kann, als einem lieb ist?«

»Wie meinst du das?«, fragte Penny und sah sie an.

»Na, der Google-Suchverlauf zum Beispiel. Was würde man da bei dir finden?«, fragte Schoki sie und grinste.

»Mhm«, überlegte Penny, ehe sie fortfuhr. »Nichts, wofür ich mich schämen müsste, schätze ich. Ganz normales Zeug.«

»Unser Herr Eggen hat vor etwa 12 Stunden seinen

kompletten Google-Suchverlauf gelöscht«, erklärte Schoki mit Blick auf die vor ihr auf dem Bildschirm angezeigten Informationen.

»Und das heißt?«, fragte Penny, der sich der Zusammenhang nicht erschloss.

»Das, meine Liebe, heißt, dass wir nur sehen, wonach er in den vergangenen zwölf Stunden gegoogelt hat, nicht aber die Suchanfragen, die im Zeitraum davor liegen.« Schoki überlegte, dann fragte sie Penny: »Aus welchem Grund würdest du deinen Suchverlauf löschen?«

Penny sah sie an und nickte. Jetzt kapierte sie, worauf Schoki hinauswollte. »Wenn ich etwas zu verbergen hätte und nicht wollen würde, dass jemand nachsehen kann, wonach ich gesucht habe.«

»Bingo.« Schoki nippte an ihrem Tee. »Aber auch das wäre kein allzu großes Problem. Ist zwar etwas aufwendiger, man muss auf offiziellen Kanälen eine Anfrage bei Google stellen. Vielleicht brauchen wir das aber auch gar nicht.« Sie stellte ihr Glas ab und tippte auf der Tastatur herum. »Ich bin jetzt in seinem Router, vorausgesetzt, wir sind im richtigen Netzwerk. Hier«, sie deutete auf ein kleines Fenster, »sieht man zum Beispiel, welche IP-Adressen sich wann im Netzwerk eingeloggt haben. Das hier sind wir.« Sie zeigte auf einen Eintrag mit dem Namen ›Macbook Air von Maria‹.

»Aber du heißt weder Maria noch hast du ein Macbook Air«, sagte Penny und machte große Augen. »Ah, du hast das verschleiert, damit ihm das nicht auffällt, für den Fall, dass er sich die Eintragungen ansehen sollte. Raffiniert.«

»Maria ist seine Mutter, mit der er sich die Wohnung teilt.«

»Woher weißt du das alles?«, wollte Penny wissen.

»Während du vorhin deinen Gedanken nachgehangen bist, habe ich mich im Einwohnermeldeamt *umgesehen.*« Schoki zuckte mit den Schultern. »Mit dem richtigen Equipment könnte sich so gut wie jeder dort einhacken.«

»Unglaublich«, sagte Penny. »Warum schützen die so sensible Daten nicht besser vor unbefugtem Zugriff? Einerseits machen die wegen Datenschutz so einen Aufriss und andererseits kann sich jeder, der ein bisschen Ahnung davon hat, dort umsehen, ohne eine Spur zu hinterlassen.«

»Ganz so einfach ist es nicht.« Schoki schüttelte ihren Lockenkopf. »Ich erklär's dir kurz: Jeder, der im Internet unterwegs ist und sich unbefugten Zutritt auf einen Server, PC oder Router verschafft, hinterlässt Spuren, die man nicht löschen kann. Man kann sie allenfalls verwischen, was aber letztlich in irgendeinem Logfile gespeichert würde. Diese zu manipulieren oder ebenfalls zu löschen, würde zu lange Zeit in Anspruch nehmen, und davon hat man bei solchen Aktionen nicht gerade viel.«

»Ich verstehe«, sagte Penny. »Man müsste aber bei dem Verdacht, gehackt worden zu sein, gezielt nach diesen Informationen suchen, oder?«

»Ja, wenn Eggen jetzt zum Beispiel seine Routereinstellungen aufrufen würde, dann könnte er sehen, dass das MacBook Air seiner Mutter online ist. Aber die Wahrscheinlichkeit ist ziemlich gering.« Schoki trank ihren Tee aus und stellte das Glas ab. »Was ich eigentlich sagen wollte, ist Folgendes: Er und seine Mutter sind an dieser Adresse gemeldet. Auf seinem Facebookprofil habe ich vorhin die Fotos durchforstet, und auf einem davon habe ich eine ältere Frau mit einem MacBook Air entdeckt. In einem der Kommentare unter dem Bild schrieb jemand, dass er schöne Grüße an Maria ausrichten sollte.«

»Wow!« Penny war überrascht, was man aus ein paar Informationen alles zusammenklöppeln konnte und machte sich eine geistige Notiz, ihre Privatsphäre-Einstellungen auf Facebook unter die Lupe zu nehmen und gegebenenfalls noch besser einzuschränken. Nicht dass sie etwas zu verbergen hätte, aber ihr war nicht mehr länger wohl dabei, Fotos dort zu posten. Wenn Schoki diese Hinweise zusammentragen konnte, dann konnten es andere bestimmt ebenso.

»Und jetzt kommt's: Ich wette fünfzig Euro, dass unser Hajo Eggen weder verheiratet noch liiert ist – sollte das dennoch der Fall sein, dann ist diese Person gerade nicht bei ihm. Genauso wenig wie seine Mutter.«

»Und das siehst du alles in seinem Router?«, fragte Penny und machte große Augen. Von diesem ganzen Technikkram hatte sie nicht viel Ahnung. Sie wusste, wie man Google benutzte und war ansonsten froh, wenn zu Hause alles funktionierte. Wie es funktionierte und warum, das überließ sie lieber denjenigen, die sich damit auskannten.

»Ja und nein«, sagte Schoki.

»Wie jetzt?«

»Unser rasender Reporter wedelt sich gerade einen von der Palme.«

»Du meinst …«, setzte Penny zu einer Antwort an.

»Exakt. Der sieht sich schon seit ein paar Minuten ein

Video auf YouPorn an.« Schoki schüttelte es. »Ob wir ihn morgen darauf ansprechen sollten?«

»Ihhhh! Bloß nicht. Zudem wissen wir doch gar nicht, ob er es tatsächlich ist«, erinnerte sie Schoki an den Umstand, dass sie beim Netzwerknamen nur geraten hatten.

»Doch, doch. Das ist er. Parallel ist ein zweiter Tab offen, in dem er sich beim *Friesischen Boten* in seinen Mitarbeiter-Account eingeloggt hat.«

Eine halbe Stunde später, während der sie nichts Neues herausgefunden hatten, bezahlten die beiden ihre Getränke, packten ihre Sachen zusammen und machten sich auf den Weg zurück zum Auto, das sie zwei Straßen weiter in einer Seitenstraße abgestellt hatten. Sie hätten es nicht mal gebraucht, aber sie waren die weiten Strecken gewohnt, die sie ansonsten zurücklegen mussten. Hier auf Amrum war alles fußläufig leicht erreichbar, die Insel war gerade mal zwölf Kilometer lang und drei breit.

»Ich rufe Merle an und sage ihr Bescheid, dass wir gleich kommen«, sagte Penny und wählte deren Nummer in der Kontaktliste, während sie sich auf den Beifahrersitz des Passats fallen ließ. »Komisch, sie geht nicht ran.«

Schoki stieg ebenfalls ein, nachdem sie ihre Tasche auf dem Rücksitz verstaut hatte. »Würde mich nicht wundern, wenn sie schon schläft, so wie sie vorhin beim Essen schon gegäh…«, weiter kam sie nicht, da sie erschrocken zusammenzuckte. Jemand stand bei ihr am Fenster und klopfte gegen die Scheibe. »Was zur Hölle …?«, sagte sie und betätigte den elektrischen Fensterheber.

»Na, haben die Damen herausgefunden, was sie wissen wollten?« Draußen stand ein Mann, der sich zu ihr herunterbeugte und sie hämisch angrinste. »Im Gegensatz zu Ihnen habe ich meine Hausaufgaben gemacht. Bis morgen.« Dann verschwand der Mann genauso schnell, wie er aufgetaucht war.

»Was war das denn?«, fragte Penny.

»Das war Eggen«, murmelte Schoki.

»Darauf bin ich auch schon gekommen. Aber was sollte das eben?«, fragte Penny.

»Säbelrasseln …« Schoki starrte durch die Windschutzscheibe nach draußen. »Wir dürfen den nicht unterschätzen. Wie es aussieht, ist der mit allen Wassern gewaschen.«

KAPITEL ZWÖLF

Nach der in den Sand gesetzten Observation gingen die beiden direkt auf ihr Zimmer und machten sich bettfertig. Morgen beim Frühstück würden sie Gabriel und Merle davon berichten.

Schoki stellte den Wecker für 6 Uhr, wünschte Penny eine gute Nacht und begab sich ins Land der Träume.

Sie konnte nicht richtig abschalten, ständig kreisten ihre Gedanken um Hajo Eggen und darum, wie er ihnen auf die Schliche gekommen war. War ihr der Mann aufgrund Merles Beschreibung vorher allenfalls unsympathisch gewesen, so war er jetzt auf ihrer Liste der Arschlöcher ein ganzes Stück weiter nach oben gewandert. Bisher war ihr noch nie jemand so dermaßen in die Parade gefahren, und das Gefühl, das diese Situation in ihr auslöste, gefiel ihr ganz und gar nicht. Sie zweifelte keine Sekunde länger daran, dass dieser Mann über Informationen betreffend Hendrick Jannen verfügte. Morgen galt es, ihm diese zu entlocken, was alles andere als einfach werden würde.

Irgendwann gewann die Müdigkeit die Oberhand und sorgte dafür, dass sie einschlief.

Um 7 Uhr trafen sie sich im Frühstücksraum des Hotels, um sich bei einer Stärkung zu besprechen, wie sie später mit Eggen verfahren würden. Gabriel wollte die Führung übernehmen und gemeinsam hatten sie sich eine Strategie zurechtgelegt, um den Reporter in die Mangel zu nehmen.

Claude, die sich am frühen Morgen von Flensburg auf den Weg gemacht hatte, war inzwischen wieder zu ihnen gestoßen.

Gabriel kam noch mal auf die gestrige Observation zu sprechen, deren Ausgang ihm ganz und gar nicht gefallen hatte. »Und ihr habt wirklich nichts bemerkt?«, wollte er von Schoki wissen.

Diese sah ihn wie ein begossener Pudel an. »Nein, wie auch? Wir waren so sehr damit beschäftigt, alles Mögliche über ihn in Erfahrung zu bringen, dass wir dazu keine Zeit hatten.«

»Und was sagt uns das?«, fragte Merle in die Runde, während sie sich ein weiteres Brötchen mit Käse belegte. »Wir müssen bei dem echt aufpassen, was wir sagen. Gleichzeitig sollten wir alles daran setzen, die Informationen, über die er angeblich verfügt, aus ihm herauszupressen.«

Claude schaltete sich ein: »Im Prinzip wissen wir ja jetzt schon einiges. Nicht viel, aber doch genug, um damit arbeiten zu können. Gabriel, hast du dafür gesorgt, dass die Witwe Jannen nach Flensburg kommt, um ihren Mann zu identifizieren?«

»Ja, die Kollegen wissen Bescheid. Ich hoffe nur, dass die beiden die Nachricht sensibel überbringen«, sagte er.

»Das sollte jetzt unser geringstes Problem sein.« Claude nahm einen Schluck von ihrem Kaffee, der inzwischen kalt geworden war, und verzog das Gesicht. »Widerliches Gebräu.«

»Ich fasse mal zusammen, was wir bisher haben«, sagte Merle mit Blick auf den vor ihr liegenden Notizblock. »Unser Toter aus dem Himmel ist Hendrick Jannen, 35 Jahre alt, Stadtrat und Mitglied im Bauausschuss. Verheiratet mit Gitta Jannen, 33 Jahre alt, keine Kinder. Seine beiden dringlichsten Probleme bestanden derzeit aus der Schließung des Katzencafés ›Pussy Lovers‹ und einer nicht erfolgten Baugenehmigung einer Hotelanlage.«

»Wie bitte?« Claude glaubte, sich verhört zu haben. »Katzencafé?«

»Keine Sorge, Claude. Wir haben auch mit etwas anderem gerechnet«, sagte Merle, dann fuhr sie fort: »Irene Broder, Inhaberin des Katzencafés, hätte ein starkes Motiv, Jannen aus dem Weg zu räumen. Allerdings passte ihr Verhalten nicht dazu. Als wir dort waren, hat sie ständig auf die Uhr geschaut und sich gewundert, warum er noch nicht da war. Jannen hatte sich bei ihr zu einem letzten klärenden Gespräch angemeldet. Zudem ist, genauer gesagt war Jannen laut seiner Frau die Pünktlichkeit in Person.«

»Das muss nichts heißen«, warf Penny ein. »Heutzutage erfährt Hinz und Kunz aus jedem True Crime-Podcast, wie er sich am besten verhalten sollte, um nur ja keinen Verdacht auf sich zu lenken.«

»Penny hat recht, Merle. Wir dürfen keine voreiligen

Schlüsse ziehen und müssen jeden unter die Lupe nehmen, der in Kontakt mit ihm stand oder etwas mit ihm zu tun hatte«, sagte Gabe. »Was haben wir noch?«

»Dann wäre da noch«, Merle sah sich um, ob sie auch tatsächlich allein im Frühstücksraum waren, und fuhr fort: »Brandner, der Chef dieses Hotels. Gabe hat gestern bei unserer Ankunft Bruchstücke eines Telefonats mitgehört, aus denen hervorging, dass er mit Jannen sprechen wollte – was Schoki später ja bestätigt hatte.«

Schoki holte ihr Handy hervor. »Ich meine, dass ich gestern in einem der unzähligen Artikel von Eggen gelesen habe, dass Brandner einen Hotelneubau plant. Direkt am Strand, gleich da hinten.« Sie deutete in die vage Richtung. »Weiter stand darin, dass Jannen und der Bauausschuss dafür kein grünes Licht gegeben haben, obwohl laut Tourismusverband durchaus Bedarf besteht. Hier in Wittdün gibt's nur Ferienwohnungen und Fremdenzimmer, aber kein richtiges Hotel in dem Sinn.«

»Somit hätte Brandner auch ein Motiv«, sagte Gabriel.

»Und das Gespräch mit der Stadtverwaltung sollte als Alibi dienen«, schlussfolgerte Merle und die anderen nickten.

»Aber man bringt doch nicht gleich jemanden um, nur weil die Person für eine Schließung eines Cafés und einer nicht erfolgten Baugenehmigung mitverantwortlich ist, oder?«, sinnierte Penny.

»Leute wurden schon für viel weniger aus dem Weg geräumt«, sagte Claude, stand auf und holte sich frischen Kaffee aus dem bereitgestellten Thermobehälter am Büffet. »Bevor ich es vergesse: Das Ergebnis des toxikologischen Gutachtens ist da. Jannen hat, sofern er unser Toter ist, kurz vor seinem Sturz ein starkes Beruhigungsmittel eingenommen. Ob freiwillig oder nicht, wissen wir nicht.«

Gabriel gefiel die Sache ganz und gar nicht. Irgendetwas bereitete ihm Kopfzerbrechen, aber er konnte nicht sagen, was es war. Ein diffuses Gefühl, das ihm seine Antennen übermittelten. Er würde auf jede Reaktion des schmierigen Reporters achten müssen, um überhaupt so etwas wie eine Vertrauensbasis aufbauen zu können.

Zehn Minuten später klopfte es an der Tür zum Frühstücksraum. Hajo Eggen streckte seinen Kopf herein, sah sich um und kam, nachdem er die Tür hinter sich geschlossen hatte, hustend auf sie zu.

Gabriel hatte jetzt erst die Gelegenheit, den Reporter genauer zu inspizieren. Er war geschniegelt und gestriegelt, hatte sein für sein Alter recht lichtes Haar nach hinten gegelt. Eggen war ordentlich gekleidet, wenn ihm auch jeglicher Sinn für Mode zu fehlen schien.

Ohne auf eine Aufforderung oder Geste zu warten, zog er den letzten unbesetzten Stuhl an der Kopfseite des Sechsertisches zurück und nahm Platz. »Moin, die Herrschaften. Oder soll ich Kollegen sagen? Wir arbeiten jetzt schließlich zusammen.«

»Langsam mit den jungen Pferden«, sagte Gabriel. »So weit sind wir noch nicht.«

Eggen nahm seine Umhängetasche ab, stellte diese neben seinem Stuhl auf dem Boden ab und schaute in die Runde. Seine Selbstsicherheit, die er soeben noch wie eine Fassade vor sich hergetragen hatte, bekam erste Risse. Er schluckte.

»Hören Sie, ich weiß, wir hatten gestern nicht unbedingt den besten Start.« Er hustete abermals.

»Das ist noch milde ausgedrückt«, sagte Merle. »Uns einfach so im Treppenhaus zu überfallen – was haben Sie sich dabei gedacht?«

»Tut mir wirklich leid«, ruderte Hajo Eggen zurück und versuchte, einen neuerlichen Hustenanfall wegzuatmen. »Das war nicht meine Absicht.«

»Raucher?«

»Asthma.«

Gabriel beobachtete das Mienenspiel des Mannes aufmerksam und wurde nicht schlau daraus. Er schien die Wahrheit zu sagen, zumindest wies nichts darauf hin, dass er ihnen soeben eine Lüge auftischte. Kein unsteter Blick – im Gegenteil, er suchte Augenkontakt.

»Also, was wollen Sie?«, ließ Gabriel die Bombe platzen.

»Nun ja, es ist so«, fing Eggen an zu erzählen. »Hier auf Wittdün ist der Hund verreckt, wie man so schön sagt. Kein Morden im Norden, nichts. Wenn's hochkommt, kann ich über einen Nachbarschaftsstreit schreiben. Früher war es mein Traum, Polizist zu werden, aber ich bin durch die Aufnahmeprüfung gerasselt. Sport zählte nicht zu meinen Stärken …«

Gabriel würde einen Teufel tun und ihn in seinem Redefluss unterbrechen. Aus Erfahrung wusste er, dass es am besten war, die Leute einfach reden zu lassen. So ließ er Eggens halbe Lebensgeschichte über sich ergehen und hörte ihm aufmerksam zu.

Eggen berichtete davon, dass er mit Henning Petersen zur Schule gegangen sei und dieser es mit den Dienstvorschriften nicht immer ganz genau nehme. So habe er schließlich von der Leiche in den Dünen erfahren und davon, dass ein Ermittlerteam unbemerkt für die rasche Aufklärung des Falls sorgen solle. Er endete an Schoki und Penny gerichtet damit, dass es ihm leidtäte, sie gestern Abend an der Nase herumgeführt zu haben.

»Jetzt wissen wir so ziemlich alles über sie«, sagte Merle. »Aber nichts darüber, was sie wollen. Was versprechen Sie sich von der Zusammenarbeit? Und warum sagen Sie uns nicht einfach, was Sie wissen?«

Gabriel beobachtete jede Regung in Eggens Gesicht aufmerksam, doch da war nichts, was den Mann als Lügner oder Hochstapler entlarvte. Alles deutete darauf hin, dass er das, was er sagte, auch genau so meinte.

Gabriel reichte ihm die Hand. »Willkommen im Team, Herr Eggen.«

Der Reporter schüttelte, überrascht von der Geste, seine Hand, und nachdem er diese losgelassen hatte, wischte Gabriel sie sich unauffällig unter der Tischdecke an seinem Hosenbein ab. Hajo Eggens Handflächen waren so feucht, als hätte er sich soeben erst die Hände gewaschen. Gabriel wusste, dass es vielerlei Gründe für Schweißhände gab und diese nicht zwingend ein Zeichen für Nervosität oder Angst waren.

Angst, ging es Gabriel durch den Kopf. Und da war wieder dieses diffuse Gefühl, das bei ihm anklopfte und seine Aufmerksamkeit einforderte. Hatte Schoki ihm vorhin nicht von ihrer Theorie berichtet, dass sich Eggen vielleicht Schutz von ihrem Team versprach? Aber wovor … oder vor wem? So oder so, sie würden es bald herausfinden. Davon war er überzeugt.

KAPITEL DREIZEHN

»Wir sollten uns einen Ort suchen, wo wir mehr Platz haben«, schlug Merle vor. »Oben im Zimmer wird es jedenfalls zu eng, und bevor wir uns hier über Details austauschen, sollten wir uns darum kümmern, dass wir nicht belauscht werden können.«

»Gute Idee«, sagte Claude. »Was schwebt dir vor?«

»Wie wäre es bei den Kollegen? Der Vernehmungsraum ist zwar nicht riesig, aber groß genug. Auf dem Tisch haben wir ausreichend Platz, und die haben bestimmt auch eine mobile Pinnwand vor Ort, auf der wir unsere Ergebnisse festhalten können. Und wer weiß, vielleicht können Antje Höfer und Henning Petersen auch das eine oder andere dazu beisteuern.«

Gabriel nickte und wählte die Nummer der Kollegen. Dann schüttelte er seinen Kopf. »Die sind vermutlich noch bei Frau Jannen«, meinte er.

»Ich schlage vor«, sagte Schoki, »dass wir unsere Sachen zusammenpacken und uns auf den Weg machen. Bis dahin dürften die beiden wieder zurück sein. Ich wüsste jetzt nicht, was dagegen sprechen sollte, den Raum für ein paar Stunden in Beschlag zu nehmen.«

Gabriel sah in die Runde. »Wie sieht's aus? Sind alle damit einverstanden?«

Alle nickten reihum und packten ihre Sachen zusammen. Dann versammelten sie sich vor dem Hotel, wo Eggen auf sie gewartet hatte.

Gabriel hatte diese Zeit genutzt, um seine Kolleginnen nochmals darauf hinzuweisen, dass sie Eggen keinesfalls uneingeschränkt vertrauen durften, auch wenn er durchaus einen integren Eindruck erweckte. Sie wussten nicht, ob es auf Amrum noch mehr Journalisten oder Reporter gab, die ebenso wie Eggen bereits Wind von der Sache bekommen hatten. Das galt es, als Nächstes herauszufinden, und Gabriel beschloss, Eggen direkt darauf anzusprechen.

»Gibt es hier auf Amrum außer Ihnen noch andere Journalisten oder Reporter?«, kam Gabriel ohne Umschweife auf sein Anliegen zu sprechen.

»Außer mir und zwei freien Mitarbeitern, nein. Aber es könnte sein, dass die eine oder andere Information nach Dagebüll durchgesickert ist«, murmelte Eggen und sah betreten zu Boden.

Er sagt die Wahrheit, stellte Gabriel fest und ließ ihn weiterreden.

»Mir ist da etwas rausgerutscht, als ich mit der örtlichen Redaktion gesprochen habe.« Hajo Eggen kaute auf seiner Lippe herum und machte nicht den Eindruck, als würde er von sich aus weitersprechen wollen.

»Ja, und?«, forderte ihn Gabriel deshalb auf, fortzufahren.

»Nun ja, soweit ich weiß, sind ein paar Leute hierher unterwegs«, sagte dieser schuldbewusst.

»Wie bitte? Das darf doch wohl nicht wahr sein.« Gabriel stöhnte auf. »Wenn sie von uns wussten und obendrein davon, dass wir möglichst unauffällig arbeiten sollten, warum haben Sie dann …«

»Es ist mir einfach so rausgerutscht«, murmelte Eggen. »Ich hab nicht groß darüber nachgedacht. Und unter Kollegen tauscht man sich nun mal aus, oder? Nach unserem Zusammentreffen gestern war ich etwas wütend, und da ist es eben passiert.«

»Können Sie dafür sorgen, dass die woanders herumschnüffeln? Wir können beim besten Willen keine Klatschreporter brauchen«, sagte Gabriel.

»Moment mal, wir sind doch keine Klatsch…«, begehrte Eggen auf, doch Gabriel fuhr ihm dazwischen.

»Wenn Sie Teil des Teams sein wollen, dann sorgen Sie gefälligst dafür, dass wir ungestört arbeiten können und nichts von dem, was wir besprechen oder herausfinden, an die Öffentlichkeit gerät. Haben wir uns verstanden?«

Eggen schluckte hart. »Okay, ich kann es versuchen.«

»Das reicht mir nicht. Ich verlange, dass Sie alles daran setzen, um die Meute auf eine falsche Fährte zu locken. Denken Sie sich was aus: Fehlalarm, Falschinformation, weiß der Geier. Sie sind Reporter, Ihnen fällt bestimmt was ein.«

Eggen nickte. »Ich werde mein Bestes geben.«

»Das will ich hoffen«, murmelte Gabriel und half den anderen, ihr Equipment im Auto zu verladen. Mit Blick auf den Wagen meinte er: »Einer von uns wird zu Fuß gehen müssen.« Er sah zu Hajo Eggen, der mit den

Händen in den Hosentaschen wie ein begossener Pudel dastand.

»Kein Problem. Ist ja nicht weit«, sagte dieser und machte sich auf den Weg.

Gabriel stieg ein und startete den Motor. Er stellte den Sitz neu ein, legte den Rückwärtsgang ein und lenkte den Wagen auf die Straße.

»Meine Fresse«, sagte Merle. »Dass heutzutage nur noch Zerebralasketen unterwegs sind.«

Claude fing an zu lachen. »Das kannte ich bisher nicht. Wandert direkt auf meine Liste der unterschwelligen Beleidigungen. Herrlich!«

»Vermutlich hat er es tatsächlich nicht mit Absicht getan«, sagte Gabriel.

»Mal was anderes«, warf Penny ein. »Irgendjemand wird Jannen doch vermissen, oder? Spätestens wenn Frau Jannen die Leiche ihres Mannes als diesen identifiziert, wird sich die Nachricht wie ein Lauffeuer verbreiten, meint ihr nicht?«

»Ja, davon ist auszugehen. Darum sollten wir jetzt Gas geben. Mit etwas Glück schnappen wir den Täter, noch bevor Frau Jannen wieder auf Amrum ist«, sagte Gabriel. »Claude, kannst du in Flensburg anrufen, dass sie Frau Jannen nach der Identifikation noch ein bisschen länger als nötig in der Pathologie *festhalten*?«

»Natürlich«, sagte Claude und setzte eine Nachricht an den leitenden Pathologen ab. »Sollte kein Problem sein.«

Wenige Minuten später standen sie vor dem Polizeirevier und läuteten. Zunächst sah es danach aus, als ob keiner da wäre, aber dann erklang der Summer und Gabriel drückte die Tür nach innen auf.

Antje Höfer war gerade im Begriff, auf ihrem Platz hinter dem Tresen Platz zu nehmen, von ihrem Kollegen fehlte jede Spur.

»Ah, die Kollegen vom Festland. Moin, wie kann ich helfen?«, fragte sie mit Blick in die Runde und hielt inne, als sie Eggen entdeckte. »Was machst du denn hier?«, wollte sie wissen und deutete auf den Angesprochenen. »Du hast doch wohl nichts ausgefressen?«

»Moin, wir brauchen einen Raum, der groß genug für uns alle ist«, Gabriel machte eine Geste, die sie alle sowie Eggen einschloss, »und wo wir in Ruhe arbeiten können.«

»Ja, und?«, fragte Polizeimeisterin Höfer.

»Wir würden gern den Verhörraum nutzen.«

»Das … geht gerade nicht«, antwortete Höfer wie aus der Pistole geschossen.

»Und warum nicht?« Gabriel taxierte die Polizistin und beobachtete jede Regung ihrer Gesichtsmuskeln. Die Frau war nervös und log, zumindest war sie gerade dabei, sich eine plausible Ausrede auszudenken.

»Hören Sie, was immer Sie da drin gemacht haben: Machen Sie klar Schiff, wir beziehen den Raum in fünf Minuten.«

Höfer stand auf, verließ ihren Posten und kehrte kurz darauf mit Petersen im Schlepptau zurück. »Sie können jetzt rein«, murmelte sie.

»Hören Sie, es ist nicht, wonach es aussieht«, setzte Petersen zu einer Erklärung an. »In zwei Wochen findet auf Amrum das alljährliche Bridgeturnier statt, und wir haben nur geübt.« Zum Beweis zog er ein Kartenpäckchen aus seiner Uniformjacke.

»Jaja, schon klar«, murmelte Gabriel und ging voran, während ihm die anderen im Gänsemarsch und mit grinsenden Gesichtern folgten. Der Otto Waalkes-Verschnitt hatte nicht gelogen, zumindest hatte Gabriel keine Anzeichen dafür erkennen können. Und irgendwie war es ja nur logisch, dass sie sich ein anderes Plätzchen zum Üben gesucht hatten, nachdem er sie gestern auf frischer Tat dabei erwischt hatte.

Sobald Gabriel als Erster einen Fuß in den Raum gesetzt hatte, nahm er einen tiefen Atemzug, der seine Vermutung bestätigte. Petersen hatte nicht gelogen – entgegen seiner Annahme, die beiden hätten es hier miteinander getrieben, sprach die Raumluft eine andere Sprache. Kein Schweißgeruch oder Ähnliches, das auf eine kürzlich zurückliegende körperliche Vereinigung hingedeutet hätte, lag in der Luft. Nicht, dass ihm das nicht am Allerwertesten vorbeigehen würde, aber irgendwie beruhigte es ihn, zu wissen, dass die beiden tatsächlich nur Karten gespielt hatten – wenn auch während der Dienstzeit. Er mochte sich lieber nicht vorstellen, wie eintönig die Tage hier waren, wenn das höchste der Gefühle, was hier passierte, ein Nachbarschaftsstreit oder ein im Parkverbot abgestelltes Fahrzeug war.

Nachdem sie ihr Quartier bezogen und die Computer aufgebaut hatten, setzten sie sich an den Tisch und gingen ihr weiteres Vorgehen durch.

»Eggen, es wäre hilfreich, wenn Sie Ihre bisherigen

Erkenntnisse mit uns teilen würden«, sagte Gabriel mit Blick auf den Reporter, der nervös auf dem Stuhl hin und her rutschte.

»Erkenntnisse, ja. Natürlich. Nun ja, im Prinzip ist alles, was ich weiß, dass es sich bei der Leiche um Hendrick Jannen handelt«, sagte er und machte ein Gesicht wie ein Kind, das beim Lügen erwischt worden war.

»Wie bitte? Woher wussten Sie das?«, sagte Merle. »Und Ihre Informationen? Das war alles nur Theater?«

»Nicht alles war Theater«, antwortete Hajo Eggen. »Jannen habe auf den Fotos erkannt, als ich reingezoomt habe. Ich habe zwar noch keine Informationen, aber was ich habe, ist Vertrauen. Das Vertrauen der Inselbewohner.«

»Dass ich nicht lache!«, sagte Claude und schlug mit der flachen Hand auf den Tisch. »Wer traut dem schon einem Reporter über den Weg? Sogar wir sind drauf reingefallen.«

»Ruhig, Claude«, mischte sich Penny ein. »Es hilft uns nicht, wenn wir jetzt eskalieren.«

»Nein, wirklich«, fing Eggen an. »Wir auf der Insel, wir halten alle zusammen.«

»Ach, tun Sie das?«, fragte Merle. »Warum haben Sie Jannen dann in ihren Artikeln so durch den Kakao gezogen?«

»Jannen? Der ist doch kein Insulaner. Die sind vor drei Jahren hergezogen, und seitdem terrorisiert er alle.« Eggen sah in die Runde überrascht dreinblickender Gesichter. »Ja, wirklich. Es gibt kaum jemanden, mit dem er sich nicht angelegt hat. Wenn Sie mich fragen, hat es mit ihm keinen Falschen erwischt.«

»Das würde ja bedeuten, dass so ziemlich jeder, mit

dem er sich jemals in die Wolle gekriegt hat, ein astreines Motiv hätte«, fasste Gabriel das Offensichtliche zusammen.

»Und genau aus dem Grund brauchen Sie mich«, sagte Eggen. »Ich werde zunächst dafür sorgen, dass die Reporter, die auf dem Weg hierher sind, wieder abziehen. Da fällt mir schon etwas ein.«

»Okay, das hatten wir ja bereits besprochen«, sagte Gabriel. »Wir werden in der Zwischenzeit unsere Informationen zusammentragen.«

Eggen stand von seinem Platz auf und ging zur Tür. Bevor er die Klinke runterdrückte, drehte er sich um. »Ich bin doch noch im Team, oder?«

»Jetzt machen Sie schon, dass sie verschwinden!«, zischte Gabriel.

KAPITEL VIERZEHN

»Bist du verrückt geworden?«, sagte Merle. »Wir können ihn nicht miteinbeziehen, jetzt, da wir wissen, dass alles nur Show war.«

»Sieh es doch mal so: Er ist Teil der Inselgemeinschaft, kennt das Dorf wie seine Westentasche, ist ein Computerass – nichts gegen dich, Schoki – und könnte uns tatsächlich mehr nützen als schaden«, zählte Gabriel auf.

»Ja, und er hustet, als würde er jeden Augenblick abnippeln«, ergänzte Schoki.

»O Gott, wenn Heinrichsen davon erfährt, ist der Teufel los«, sagte Merle, stand auf, stemmte ihre Hände in die Hüften und ging im Raum auf und ab. »Jetzt sagt ihr doch auch mal was«, forderte sie die am Tisch Sitzenden auf.

»Ich denke, Gabriel hat recht.« Claude erhob sich ebenfalls von ihrem Stuhl. »Es war Heinrichsen, der uns dazu verdonnert hat, mit Eggen zusammenzuarbeiten.«

»Ja, aber unter ganz anderen Voraussetzungen!«, rief Penny dazwischen.

Schoki schüttelte ihren Lockenkopf und meinte: »Ich bin auch dafür, dass wir ihn brauchen können. Auf die eine oder andere Weise wird er uns bestimmt nützlich sein.«

»Es steht drei zu zwei«, sagte Gabriel. »Also, lassen wir Eggen ein wenig Detektiv spielen und geben ihm die Bühne, die er aus seiner Sicht verdient hat.«

Merle schüttelte enttäuscht ihren Kopf. »Glaubt ihr wirklich, dass das eine gute Idee ist?«

»Das wird sich zeigen. Was soll schon passieren?«, fragte Claude. »Wir halten ihn beschäftigt, und wir können in der Zwischenzeit unserer Arbeit nachgehen.«

Merles Miene hellte sich auf. »Natürlich!«, sagte sie. »Manchmal sitze ich echt auf der Leitung.« Sie setzte sich wieder an den Tisch. »Was habt ihr vor?«

»Zunächst soll Eggen mal schön dafür sorgen, dass er die Klatschreporter loswird. Wenn er zurückkommt, bringen wir ihn zum Reden. Bevor wir ihm etwas hinwerfen, woraus er uns einen Strick drehen könnte, soll er mal ein bisschen aus dem Nähkästchen plaudern. Ich bin mir sicher, dass er über jeden hier was weiß. Hier auf dem Dorf – oder der Insel – weiß doch jeder was über jeden.« Gabriel warf einen Blick in die Runde. »Was meint ihr?«

Penny, Schoki, Merle und Claude nickten zustimmend.

»In der Zwischenzeit bestücken wir die Pinnwand da hinten mit allem, was wir haben. Claude, du kümmerst dich um das Opfer, aber denk daran, dass Eggen nicht alles wissen muss. Merle und ich kümmern uns um unsere zwei derzeitigen Hauptverdächtigen Brander und Broder, und Schoki und Penny – ihr interviewt inzwischen unsere Kollegen draußen. Ich bin mir sicher, dass die auch das ein oder andere wissen, das uns helfen könnte.«

Eine knappe halbe Stunde später kehrten Penny und Schoki zurück in den Befragungsraum und schüttelten die Köpfe.

»Die beiden wussten nichts, was wir nicht schon von Eggen erfahren haben. Sie haben Eggens Behauptung, dass sich unser Opfer Jannen mit so gut wie jedem angelegt hat, bestätigt. Seit dem Zuzug der Jannens sei die Beschwerde- und Anzeigequote massiv angestiegen«, fasste Schoki zusammen.

»Okay, das bringt uns nicht wirklich weiter«, murmelte Merle, dann ging sie ein paar Schritte zurück und betrachtete die Pinnwand, auf der sie ihre bisher wichtigsten Informationen gesammelt hatten, unter dem Gesichtspunkt, nur das anzupinnen, was Eggen sehen sollte. »Ich habe das Gefühl, dass wir irgendetwas übersehen.«

»Was ist mit dem Flugplatz auf Föhr?«, fragte Claude.

»Natürlich! Der Flugplatz«, sagte Gabriel. »Eggen kennt hier alles und jeden und kann uns bestimmt sagen, wer alles im Besitz einer Fluglizenz ist. Bei knapp 2.400 Inselbewohnern dürfte die Zahl ja überschaubar sein. Bei Föhr mit seinen 8.300 Einwohnern könnte es etwas schwieriger werden. Wir sollten alle, die in der Lage sind, ein Kleinflugzeug zu fliegen und es dürfen, auf die Liste der Verdächtigen setzen. Ich glaube kaum, dass Irene Broder, die Katzentante, eine Fluglizenz hat.«

»Warum nicht? Weil sie eine Frau ist?«, fragte Claude und beäugte Gabriel skeptisch.

»Nein, so habe ich das nicht gemeint, ich …«, rechtfertigte er sich.

»Schon gut, das sind die klassischen Denkstrukturen, die wir durchbrechen müssen«, sagte Merle. »Was, wenn sie jemanden beauftragt hat? Sie muss es ja nicht zwingend selbst gewesen sein. Schließlich zeigen die Statistiken mehr als deutlich, dass Mörderinnen eher im Hintergrund und heimtückisch agieren. Zudem ist Irene Broder viel zu zierlich. Ich kann mir nicht vorstellen, dass sie den 80 kg schweren Jannen aus einem Flieger befördern kann.«

»Wie war das mit klassischen Denkstrukturen?«, warf Gabriel ein. »Vielleicht ist sie kräftiger, als sie auf den ersten Blick aussieht. Es gibt viele Frauen, die regelmäßig ins Fitnessstudio gehen.«

»So wie du?«, neckte sie ihn.

»Hey, das ist unfair. Du weißt so gut wie ich, dass wir in letzter Zeit viel zu tun hatten und mir schlicht keine Zeit dafür geblieben ist.«

Ein Knurren ließ sie erschrocken herumfahren.

Merle sah zu Gabriel. »Wann hast du Blablaquatschi zuletzt gefüttert?«

»Gestern Abend im Hotel. Aber der steht gut im Futter, ein wenig fdH oder Fasten schadet dem Kerlchen nicht.«

BBQ protestierte in seiner Box. »Jetzt lass ihn schon raus. Dir würde es auch nicht gefallen, stundenlang auf engstem Raum eingesperrt zu sein«, sagte Merle.

Gabriel sah sich im Raum um. »Und wie würdest du das hier nennen?«

Die fünf brachen in schallendes Gelächter aus.

Plötzlich klopfte es an der Tür, und Eggen kam herein. »Alles erledigt. Die Meute ist nach Sylt unterwegs. Habe ein paar Gerüchte gestreut, die sie eine Weile beschäftigt halten dürften.«

»Immerhin. Erwarten Sie jetzt bloß keinen Dank für die Suppe, die Sie sich selbst eingebrockt haben«, knurrte Merle, der es immer noch sichtlich zuwider war, mit dem Reporter zusammenzuarbeiten.

Eggen ging zur Tafel hinüber und sah sich die Fotos und Informationen an. Als er das Gesicht des Toten Hendrick Jannen auf dem Edelstahltisch erblickte, wurde er bleich. Es war nun mal eine ganz andere Hausnummer, wenn man in das Gesicht eines echten Toten schaute. Diesen Anblick steckte nicht jeder so ohne Weiteres weg, und offensichtlich war auch Eggen nicht so hart im Nehmen, wie er vorgab zu sein.

»Puh«, machte er und setzte sich an den Tisch. »Das wünscht man seinem ärgsten Feind nicht.«

»Apropos Feind«, sagte Gabriel. »Sie dürften auch nicht gerade zu seinen engsten Freunden gezählt haben, oder?«

»W-wie mei-meinen Sie da-das?«, stotterte Eggen.

»So, wie ich es gesagt habe.« Gabriel beobachtete jede von Eggens Reaktionen. Der Mann wurde zunehmend nervöser, aber auch das, wusste Gabriel, war völlig normal, sobald man in den Kreis der Verdächtigen rückte.

»Natürlich waren wir keine Freunde«, setzte er schließlich zu einer Erklärung an. In seinem Blick stand Panik. »Ich bin Journalist, da ist es meine Pflicht, Unrecht aufzudecken und die Bevölkerung aufzuklären.«

»Schon gut, Eggen. Das war ein Scherz«, beruhigte ihn Gabriel.

»Soso, Unrecht aufdecken«, sagte Penny. »Was genau meinen Sie damit?«

»Jannen hat nie uneigennützig gehandelt, wenn Sie verstehen, was ich meine«, sagte Eggen. »Ich war bis vor Kurzem an einer Geschichte dran, die seine miesen Geschäfte aufdecken sollte.«

»Wollen Sie damit sagen, dass Jannen sich hat bestechen lassen?«, fragte Merle.

»Schmieren, bestechen, korrumpieren. Suchen Sie sich was aus«, sagte Eggen. »Ich war da einer ganz großen Sache auf der Spur.«

»Was heißt *war?*«, hakte Claude nach, die interessiert aufhorchte.

»Mein Vorgesetzter vom *Friesischen Boten* hat mir dazu geraten, die Finger davon zu lassen. Die Sache sei eine Nummer zu groß für mich, hat er gemeint.« Hajo Eggen zuckte mit den Schultern. »Dann habe ich es gelassen.« Ein neuerlicher Hustenanfall kündigte sich an, den Eggen mit einem kleinen Inhalator im Keim erstickte. »Hilft leider nicht immer«, meinte er achselzuckend.

»Das ist ja interessant«, sagte Gabriel und nickte. »Ich

hätte da noch eine Frage. Wissen Sie zufällig, wer von den Amrumern im Besitz einer Fluglizenz ist?«

Eggen sah ihn überrascht an. »Fluglizenz? Wie kommen Sie denn darauf?«

»Beantworten Sie bitte meine Frage.«

»Klar, ich kenne schon ein paar. Jedes Jahr im Spätsommer findet auf Föhr das Fliegerfest statt. Da kommt man mit vielen ins Gespräch und …« Eggen sprang wie von der Tarantel gestochen von seinem Stuhl auf und schüttelte sein Bein. »Was zur Hölle ist das?«, schrie er. »Weg mit dem Ding! Was ist das? Eine Ratte?«

»BBQ, aus!«, rief Gabriel, und das Frettchen ließ von Eggen ab. Es lief zu seinem Herrchen, wo es sich hinter dessen Beinen versteckte und neugierig hervorlugte.

»Das ist Blablaquatschis Art, Hallo zu sagen«, klärte er Eggen auf. »Aber tun Sie sich selbst einen Gefallen und nennen Sie ihn nicht mehr Ratte. Das mag er nicht.«

»Ach, das ist ihr Vieh?«, fragte der Reporter. »Unglaublich …« Nachdem er sich wieder gefangen hatte, fragte er: »Wo waren wir stehen geblieben? Ach, das Fliegerfest. Die Leute kommen von überall her, hauptsächlich Touristen. Es gibt Rundflüge, Schauflüge, Fallschirmsprünge und vieles mehr zu gewinnen. Finanziert wird das alles durch eine Tombola, deren Einnahmen zu einhundert Prozent an den Flugverein gehen. Außerdem verkaufen die Landfrauen Kaffee und Kuchen, der Erlös geht ebenfalls an den Verein.«

»Klingt nach einer intakten Gemeinschaft.« Merle notierte fleißig mit.

»Ja, das sind wir Nordfriesen in der Tat«, sagte Eggen und nickte versonnen. »Wenn Jannen nicht gewesen wäre …«

»Was hat Jannen denn mit dem Flugplatz zu tun?«, hakte Penny nach.

»Dem war der Flugplatz ein Dorn im Auge«, erklärte Eggen.

»Warum war ihm der Flugplatz auf Föhr ein Dorn im Auge?«, warf Merle ein, »der dürfte ihn hier auf Amrum doch überhaupt nicht tangieren.«

»Vor einem Jahr wurde die Start- und Landebahn erneuert und nach neuesten Standards gebaut, damit auch größere Personenflieger dort starten und landen können.«

»Und was hat Jannen damit zu tun?«, fragte Penny abermals, der sich der Zusammenhang nicht erschloss.

»Ganz einfach: Er hat sich von einem günstigen Angebot vom Festland auf die Insel locken lassen. Sein Haus steht, nennen wir es *etwas ungünstig*. Als die Jannens vor drei Jahren nach Amrum gezogen sind, waren die Genehmigungen für den Ausbau der Start- und Landebahn auf Föhr bereits unter Dach und Fach – nur wusste er da noch nichts davon. Erst später, nachdem er sich wie eine Zecke im Stadtrat festgebissen hatte, ist ihm klargeworden, dass man ihn beim Hauskauf abgezockt hatte.«

Penny schüttelte ihren Kopf. »Ich fürchte, ich verstehe immer noch nicht ganz.«

»Sein Haus stand inmitten des Gebiets, das von Fliegern während Rundflügen im Tiefflug überflogen werden darf«, murmelte Eggen. »Ausgenommen davon sind nur bestimmte Strandabschnitte und dicht bebaute Gebiete. Da sein Haus außerhalb steht … Von diesem Moment an war ihm plötzlich alles und jeder ein Dorn im Auge. Er nutzte seine Position aus, um seine Interessen durchzusetzen, und natürlich die derjenigen Personen, die bereit waren, genug Scheine dafür auf den Tisch zu blättern. Es war ein offenes Geheimnis, was der trieb, und trotzdem haben sie ihn gewähren lassen.« Eggen schüttelte den Kopf. »Aus irgendeinem Grund konnte der schalten und walten, wie er wollte. Vermutlich weil er im Sinne derer handelte, die an seinem Stuhl hätten sägen können.«

»Wollen Sie damit andeuten, dass der Bürgermeister und andere da mit drinsteckten?« Gabriel konnte nicht glauben, was der Reporter da erzählte, aber das Bild von Jannen nahm immer deutlichere Konturen an. »Wenn dem so ist, und Jannen daraus Profit schlug, indem er diese Leute erpresste ...«

»Wir müssen zu Jannen und sein Haus auf den Kopf stellen«, sprach Claude das aus, was alle dachten.

»Aber ... Sie können doch nicht einfach ... Haben Sie denn einen Durchsuchungsbeschluss?« Eggen rutschte unruhig auf dem Stuhl hin und her. Offensichtlich wurde ihm die Sache zu heiß.

»Wir sind von der Polizei, schon vergessen?«, sagte Gabriel. »Wenn Sie aussteigen wollen, haben Sie jetzt die Gelegenheit, das zu tun.« Er wandte sich an die anderen. »Auf geht's, Mädels, es wartet Arbeit auf uns.«

»Moment mal«, sagte Eggen, dem dämmerte, was hier vor sich ging. »Sie wollen dort ... einbrechen?« Sein Gesicht, das inzwischen wieder Farbe angenommen hatte, wurde abermals bleich.

»Haben Sie ein Problem damit?«, wollte Gabriel wissen.

»Nei-nein«, wiegelte der Reporter ab. »Überhaupt nicht.«

»Dann ist ja gut. Kommen Sie, wir treffen uns in zehn Minuten am Haus der Jannens.« Gabriel wies mit einer Geste zur Tür, schnappte sich BBQ, den er, sehr zu dessen Missfallen, in die Transportbox schob und diese verschloss. »Du kommst mit, mein kleiner Freund. Bei deinem Glück bringst du uns auf die richtige Spur.«

KAPITEL FÜNFZEHN

Gabriel und sein Team waren einige Minuten früher als Eggen am Haus von Hendrick Jannen eingetroffen. Dieser kam völlig außer Atem angeradelt.

Gabriel sah ihn an. »Ein rasender Reporter auf dem Rad, nicht schlecht.«

»Zur Hauptsaison gibt es kein Verkehrsmittel, mit dem sie schneller von A nach B kommen«, rechtfertigte Eggen sich. »Hier auf der Insel braucht man nicht zwingend ein Auto. Außerdem war Karla Kolumna auch nur mit einem Roller unterwegs.«

»Karla Kolumna?«, fragte Penny und sah ihn fragend an.

»Noch nie was von Bibi Blocksberg gehört?« Eggen machte eine wegwischende Handbewegung. »Egal, man kann nicht alles wissen. Entgegen der bei uns in der Region weitläufig verbreiteten Meinung, wurde die kleine Hexe übrigens nicht nach der Ortschaft Blocksberg in der Nähe von Dagebüll benannt, sondern …«

»Schon gut«, bremste ihn Gabriel aus. Er stellte die

Transportbox mit BBQ darin ab, öffnete sie und holte ihn heraus. Mit ihm auf dem Arm ging er zur Rückseite des Hauses, bis er an einem gekippten Fenster stehen blieb. »Bring mir alle Schlüssel, die du am Schlüsselbrett findest«, flüsterte er ihm zu und wedelte zur Verdeutlichung mit seinem eigenen Schlüsselbund vor Blablaquatschis Nase. Zur Motivation zog er die kleine Dose mit Ingwerstückchen aus seiner Tasche und reichte ihm eines davon. »Mehr bekommst du, wenn du mir den Haustürschlüssel bringst.« Dann schob er ihn durch den Spalt zwischen Fensterrahmen und Fenster und wartete. Es dauerte keine Minute, da kam BBQ bereits mit dem ersten Schlüssel zurück. Der Kleine sprang auf das Fensterbrett und von dort auf das Fenster, wo er den Schlüssel durch Spalt nach draußen fallen ließ. »Gut gemacht. Such weiter!«, sagte Gabriel, nachdem er mit einem raschen Blick auf das Fundstück festgestellt hatte, dass es sich dabei um Jannens Wagenschlüssel handeln musste, wahrscheinlich der Ersatzschlüssel. Der Schlüssel mit dem BMW-Emblem würde die Haustür vermutlich nicht öffnen.

Fünf Minuten später kam Gabriel zurück und hielt den Haustürschlüssel in die Luft.

»Er hat's wieder geschafft«, sagte Merle. »Unglaublich.«

»Was geschafft?«, fragte Eggen, dem die Sache nicht ganz geheuer war. Langsam kamen ihm erste Zweifel, ob diese Leute tatsächlich Polizisten waren. Was, wenn Henning ihn mit seiner Information hinters Licht geführt hat und er, Hajo Eggen, hier zum Komplizen eines Verbrechens wurde? Rasch schüttelte er den Gedanken ab und beobachtete Gabriel dabei, wie er den Schlüssel ins Schloss steckte und die Haustür öffnete, hinter der die Fellratte bereits auf ihn wartete.

»Das!«, sagte Penny und klatschte in die Hände. »Blablaquatschi ist einfach der Beste.« Sie hob das Frettchen hoch und küsste es auf den Kopf, dann schloss sie die Tür, nachdem alle eingetreten waren, und setzte es wieder auf dem Boden ab.

Eggen schüttelte den Kopf. Die ganze Aktion wurde zunehmend abstruser. Was waren das bloß für Methoden? Gut, er musste zugeben, dass seine eigenen auch nicht immer ganz astrein waren, aber er war noch nirgends eingebrochen. Nannte man das überhaupt *einbrechen,* wenn man einen Schlüssel benutzte? Nein, das war wahrscheinlich nur Hausfriedensbruch.

»Teilt euch auf, sucht nach allem, was uns irgendwie weiterhelfen könnte. Kontoauszüge, Schriftverkehr, Laptop, Handy, PC – wir müssen herausfinden, mit wem sich Jannen so verworfen hat, dass derjenige einen Grund hatte, ihn zu beseitigen.«

Gabriel und Merle nahmen sich das Wohnzimmer vor, Schoki und Penny erst die Küche und dann das Schlafzimmer, und Claude und Eggen machten sich auf die Suche nach Jannens Büro.

»Nimmst du den Schrank, dann kümmere ich mich um die Kommode«, schlug Merle vor und öffnete die erste Schublade.

»Klar, kein Problem. Der Große kümmert sich um das Große«, sagte er und lachte.

»So klein ist die Kommode nun auch wieder nicht.« Merle wühlte sich durch den Inhalt des geöffneten

Schubs. Kugelschreiber, Haushaltsgummis, lose Schlüssel, ausländische Münzen sowie allerlei anderer Kram kamen zum Vorschein. Merle grinste, denn diese Schublade durfte in keinem Haushalt fehlen. Da sie nichts Interessantes darin entdeckte, schloss Merle den Schub wieder und widmete sich dem zweiten, der mit stapelweise Urlaubsfotos gefüllt war. Darunter kam ein Fotoalbum zum Vorschein, das irgendwann mal fertig beklebt hätte werden sollen. Eine Packung Fotoecken lag daneben und wartete auf ihren Einsatz. Sie nahm das Album heraus und blätterte es durch. Palmenstrände, Meer, Berge, Wüste, Kamele, Schlangen, Krokodile, Cocktails, ... alles typische Urlaubsmotive, die sie auch auf den losen Fotos fortsetzten. In die Kamera grinsende Gesichter – Urlaubserinnerungen, die Frau Jannen fortan zum Weinen statt zum Lachen bringen würden. Merle fühlte sich nicht wohl dabei, in den privaten Dingen anderer Menschen herumzuwühlen, aber sie mussten etwas finden, das Jannen mit seinem Mörder in Verbindung brachte.

»Hast du schon was?«, fragte sie Gabriel über ihre Schulter.

»Nein, du?«

»Auch nichts.« Sie öffnete das dritte und letzte Fach, diesmal eine Tür. Zum Vorschein kamen zwei Fächer, getrennt durch einen Regalboden und mit Ordnern voll gestellt. »Warte mal, das könnte was sein.« Die Ordnerrücken waren mit ›Bank‹, ›Versicherungen‹ und ›Notar‹ beschriftet. Merle nahm den Bankordner heraus und überflog die Kontoauszüge darin. Wie es aussah, hatten die beiden getrennte Konten, denn bei den Auszügen in diesem Ordner handelte es sich um die von Frau Jannen.

Ebenso die Versicherungen und die Unterlagen vom Notar. Beim Überfliegen stellte Merle fest, dass Jannens Frau kurz vor ihrem Umzug nach Amrum eine größere Summe Geld von ihrer Großmutter geerbt hatte. Sie stieß einen anerkennenden Pfiff aus. Wäre Frau Jannen jetzt tot, stünde es schlecht um die Glaubwürdigkeit ihres Mannes, aber in diesem Fall half ihnen diese Information nicht viel weiter.

»Und?«, fragte Gabriel nach, der plötzlich hinter ihr stand.

»Fehlanzeige, betrifft alles seine Frau.« Sie blätterte die restlichen Ordner durch, aber auch die enthielten nichts für ihren Fall Relevantes. »Ich helfe dir.«

Penny und Schoki hatten sämtliche Küchenschubladen, -auszüge, Türen und Klappen geöffnet, aber nichts entdeckt, das nichts in einer Küche verloren hätte. Inzwischen waren sie zum Schlafzimmer übergegangen und suchten dort alle möglichen und unmöglichen Stellen ab, in der Hoffnung, etwas zu finden, womit sie weiterarbeiten konnten.

Penny bückte sich gerade zu einem der Nachttische, als Schoki von der anderen Bettseite einen Jubelschrei ausstieß.

»Yay! Hab ich dich!«

»Was hast du gefunden?«, fragte Penny, stand auf und ging um das Bett herum zu Schoki. »Ein altes Handy? Das wird Gabriel aber freuen«, scherzte sie.

»Vermutlich mit Prepaid-Karte, jede Wette«, sagte Schoki. »Es ist ausgeschaltet, aber darum kümmere ich mich später.«

»Wessen Bettseite ist das?«, wollte Penny wissen.

»Ich schätze die von Hendrick Jannen. Unter dem Bett stehen Birkenstocks in Größe 43. Glaube kaum, dass die seiner Frau passen.« Sie kicherte.

»Lass uns noch den Kleiderschrank durchsuchen, dann gehen wir zu den anderen.«

»Kennen Sie sich mit Computern aus?«, fragte Claude.

Eggen sah auf. »Ja, natürlich.« Er saß vor Jannens eingeschaltetem PC und war mit der Passwortabfrage beschäftigt. »Nehmen wir den nicht mit?«

»Um Gottes willen, nein«, sagte Claude. »Viel zu auffällig. Seine Frau kommt heute irgendwann zurück, bis dahin müssen wir weg sein. Wir können allerhöchstens Schriftstücke und Ausdrucke von Mails oder so was mitnehmen. Dinge, die nicht sofort auffallen, wenn sie weg sind.«

Eggen zuckte zusammen. »Sollte dann nicht jemand Schmiere stehen, für den Fall, dass Frau Jannen zurückkommt?«

»Nein, keine Angst. Ich habe dafür gesorgt, dass man mir Bescheid gibt, sobald Frau Jannen auf der Fähre in Dagebüll ist.«

Eggen, der von sich selbst bisher immer gedacht hatte, mit allen Wassern gewaschen zu sein, wurde eines Besseren belehrt. Heute hatte er wieder jede Menge dazugelernt. Aber das Problem mit dem Passwort blinkte nach wie vor in Form eines Cursors vor seinen Augen.

Claude öffnete den Aktenschrank auf der gegenüberliegenden Wandseite und arbeitete sich durch die Ordner.

Aus einer Eingebung heraus hob Eggen die Tastatur an und drehte sie um. Auf der Unterseite klebte mit Tesafilm fixiert eine Buchstaben-Zahlen-Kombination. *Bingo!*, dachte er und ließ Claude weiter ihre Arbeit machen.

Er tippte die Zeichen in das Eingabefeld ein, und er war drin. Er öffnete Ordner, scrollte sich durch Dateilisten und widmete sich dann dem E-Mail-Programm. »Ich bin zwar drin, aber hier ist nichts Interessantes drauf«, sagte er. »Entweder hat Jannen seine Geschäfte oldschool, also analog abgewickelt, oder er hat alle Spuren verwischt.«

Claude kam zu ihm um den Schreibtisch herum. »Lassen Sie mich mal sehen.« Sie öffnete den Explorer und tippte ›.pdf‹ in die Suchzeile ein. Wenige Sekunden später wurden sämtliche auf dem Computer gespeicherten PDF-Dateien angezeigt. Sie klickte sich durch die Dateien, fand aber nichts Brauchbares darunter. »Der Ordentlichste war er schon mal nicht«, murmelte Claude. »Alles wild durcheinander abgespeichert. Das ist ja das reinste Chaos. Wie sollen wir da was finden?« Sie scrollte durch die letzten E-Mails, aber auch da war nichts dabei, womit er sich zur Zielscheibe machte. Wenn sie nur wüsste, wonach sie suchen sollte … Bei ihren Leichen folgte alles einem festgelegten Schema. Vielleicht müsste sie hier ebenso strategisch vorgehen und sich von oben nach unten durcharbeiten. Aber selbst als sie sämtliche Dokumente auf dem PC nach Datum sortiert vor sich hatte, war nichts darunter, das auf eine mögliche Tat oder den Täter hinwies. Keine Drohmails, keine üble Nachrede, keine gespeicherten Zeitungsartikel über Jannen, gar nichts. Nur langweilige Sitzungsprotokolle und seitenweise Satzungen.

»Ich bin sofort wieder da«, sagte Claude. »Das haben wir gleich.«

Zwei Minuten später kam sie mit Schoki im Schlepptau zurück. Diese schob einen USB-Stick in einen freien Slot am Rechner, worauf sich augenblicklich ein kleines Programm öffnete. Sie bestätigte einige Eingaben, dann baute sich ein Fortschrittsbalken auf und darüber flatterten stilisierte Papierblätter von links nach rechts. Sie kopierte den Inhalt des Rechners auf den Stick.

»Der Inhalt des Rechners passt auf dieses kleine Ding da?« Eggen war nicht blöd und kannte sich mit PCs aus, aber selbst ihm war klar, dass das nicht sein konnte. In Filmen hatte er so etwas schon öfter gesehen, aber die hatten bekanntlich nichts mit der Realität zu tun.

»Ja und nein. Auf dem Stick wird ein Container mit Dateien angelegt, aus denen man später auf einem anderen Computer ein komplettes Back-up erstellen kann«, klärte Schoki ihn auf und grinste.

»Unglaublich«, sagte er. »Das ist ja wie bei Mission Impossible hier.«

»Rückzug, Leute!«, rief Claude, die auf ihr Handydisplay starrte. »Bringt alles wieder in Ordnung. In knapp eineinhalb Stunden wird Frau Jannen wieder zu Hause sein. Und noch was: Unser Toter ist definitiv Hendrick Jannen, bestätigt durch seine Frau.«

Nach einer knappen halben Stunde hatten sie alles wieder in den ursprünglichen Zustand versetzt und standen im Flur vor der Haustür versammelt. Nur einer fehlte: Blablaquatschi war nirgendwo zu finden.

Sie schauten in jede Ecke, hinter jedes Kissen, in jedes Regalfach, aber der kleine Kerl war spurlos verschwunden.

Gabriel zuckte seine Geheimwaffe und öffnete den Deckel der Ingwerdose. Kaum hatte er den Behälter geöffnet, hörten sie es auch schon rumpeln. Binnen weniger Sekunden und zwei flinke Sätze später saß BBQ auf Gabriels Schulter und ließ sich mit Ingwerstückchen füttern.

»Hey, seht mal her, ich hab da was!«, rief Schoki, die dem Poltern gefolgt war. Von einem Regalbrett im Schlafzimmer, das BBQ als Schlafplatz auserkoren haben musste, waren zwei Porzellanpuppen gefallen. Eine hatte den Sturz überlebt, die zweite offenbarte unter ihrem Kleidchen einen Stapel Briefe, allesamt an Frau Jannen adressiert.

»Setz sie zurück aufs Regal«, sagte Gabriel, »und nimm die Briefe mit. Das Handy hast du?«

Schoki nickte.

»Dann nichts wie raus hier.«

KAPITEL SECHZEHN

»Mist!«, fluchte Schoki. »Wir müssen etwas übersehen haben. Das kann doch gar nicht sein.« Sie blickte auf das zerlegte Handy vor sich auf dem Tisch, das nichts weiter als ein Relikt aus der Vergangenheit war. Der Akku war tiefenentladen, niemand hatte ein passendes Ladekabel und eine SIM-Karte war ebenfalls nicht eingesetzt.

»Jetzt wäre es nicht schlecht, wenn ich mein Nokia noch hätte, was?« Gabriel lachte.

»Das glaube ich nicht«, sagte Schoki. »Vermutlich hat Jannen das Gerät aus nostalgischen Gründen aufbewahrt.« Sie raufte sich vor Wut die Haare. »Ich war mir so sicher!«

»Jetzt mach dir mal keinen Kopf«, beruhigte Merle sie und legte ihr eine Hand auf die Schulter. »Schnappen wir uns die Briefe und schauen, was es da rauszufinden gibt.«

»Claude, im Büro habt ihr auch nichts gefunden?«, versicherte sich Gabriel.

»Nein, ich bin alle Kontobewegungen der letzten drei

Jahre durchgegangen. Keine auffälligen Transaktionen, keine hohen Ab- oder Zugänge. Einfach nichts. Der Schriftverkehr in Papierform war ebenfalls nicht sonderlich aufschlussreich, das Übliche eben.« Sie zuckte mit den Schultern. »Auf den ersten Blick ein absoluter Saubermann. Mir fällt es schwer, unser Opfer mit dem Bild in Einklang zu bringen, das unser Herr Eggen hier von ihm gezeichnet hat.«

»Soll das heißen, Sie glauben mir nicht?« Eggen fuhr von seinem Stuhl hoch. »Wir können gern Frau Broder einen Besuch im Café abstatten, die kann alles bestätigen. Im Grunde brauchen Sie nur irgendjemanden auf dieser Insel fragen, sie alle werden Ihnen das Gleiche erzählen – vorausgesetzt die reden überhaupt mit Ihnen.«

»Jetzt beruhigen Sie sich erst mal wieder, Herr Eggen«, sagte Gabriel. »Versetzen Sie sich mal in die Lage eines Ermittlers. Wem würden sie die Tat am ehesten zutrauen?«

Eggen schluckte. Man sah ihm an, wie schwer es ihm fiel, einen Verdacht gegen irgendjemanden auszusprechen.

»Bedenken Sie, dass der Täter wahrscheinlich jemand ist, der in Besitz einer Fluglizenz ist. Ob dieser allein gehandelt hat oder zur Tat angestiftet worden ist, ist erst mal zweitrangig.«

»Was haben Sie immer mit Ihrer Fluglizenz?«, fragte Hajo Eggen sichtlich verwirrt.

»Ganz einfach: Hendrick Jannen kam infolge eines Sturzes aus einem Kleinflugzeug ums Leben. Wir gehen davon aus, dass er nicht Fallschirmspringen war«, klärte Gabriel ihn auf.

Eggens Augen wurden groß und drohten, jeden Augenblick aus ihren Höhlen zu springen. »Sie glauben, dass ihn jemand aus einem Flugzeug geworfen hat?«

»Er könnte auch freiwillig gesprungen sein, aber da gäbe es wesentlich bessere Möglichkeiten. Die Verletzungen sprechen für einen Sturz aus mehreren hundert Metern«, sagte Claude. »Es gibt keine andere Möglichkeit.«

»Heilige Scheiße«, murmelte Eggen.

»Haben Sie Informationen für uns, die uns weiterhelfen können?«, fragte Merle, der der Kerl beinahe leidtat, wie er so in sich zusammengesunken auf dem Stuhl saß.

Eggen schüttelte seinen Kopf. »Ich habe keine Ahnung. Selbst wenn hier so gut wie alle etwas gegen Jannen hatten, ich kann mir nicht vorstellen, dass man ihn deshalb gleich umgebracht hat. So sind wir hier nicht. Wir regeln so was auf andere Art.«

»Die da wäre?« Merle legte ihren Kopf schief und sah ihn an. Selbst ihr war neu, dass es auf den nordfriesischen Inseln einen harmlosen Pedant zu *umbringen* geben sollte.

»Frau Winter, Sie stammen doch von Pellworm, richtig?«, fragte Eggen.

Merle nickte.

»Gerade Sie sollten doch wissen, dass wir Nordfriesen eher ruhigerer Natur sind. Hier, wo die Sonne das Meer zweimal täglich küsst, der Wind alle Geheimnisse mit sich trägt und die Möwen kreischen, dass es in unseren Ohren wie Musik klingt – hier gibt es so etwas nicht.« Eggen geriet ins Schwärmen, als wäre er gerade dabei, jemandem eine Reise nach Amrum aufzuschwatzen. »Traditionell legen wir unsere Streitigkeiten in einem Vieraugengespräch bei einer Flaschen Küstennebel bei, nech?«

»Das ist korrekt«, bestätigte Merle. »Allerdings gilt das nur für die Einheimischen untereinander.« Sie sah Eggen in die Augen, der ihrem Blick standhielt und dann nickte.

»Nun ja, nach drei Jahren war Jannen schon fast so etwas wie ein Einheimischer, oder?« Eggen überlegte. »Erinnern Sie sich, wann es auf Amrum zuletzt einen Mord gab? Wie lange ist das jetzt her?« Er legte die Stirn in Falten und dachte konzentriert nach. »Da war 2017 dieser Geflüchtete aus dem Irak, aber den lassen wir mal außen vor.«

»Ich erinnere mich tatsächlich an keinen anderen Fall in der jüngeren Vergangenheit«, murmelte Merle.

»Wenn hier jemand umgebracht wird, dann weil der- oder diejenige es will«, sagte Eggen.

Merle horchte auf. »Wie meinen Sie das?«

»Vor etwa zwanzig Jahren hat ein Mann seine schwer kranke Frau von ihren Leiden erlöst«, erklärte er und seufzte. »Man erzählte sich hinter vorgehaltener Hand, dass ihm seine Stammtischbrüder für den Tatzeitpunkt allesamt ein hieb- und stichfestes Alibi verschafft hatten.«

»Ach, so meinten Sie das mit ›auf andere Art regeln‹«, sagte Claude. »Interessant.«

»Jetzt drehen Sie mir nicht das Wort im Mund um. Sie wissen genau, wie ich das meine.« Er verschränkte seine Arme vor der Brust wie ein bockiges Kind und lehnte sich zurück.

Gabriel klatschte in die Hände, und alle sahen ihn an.

»Leute, so kommen wir nicht weiter.« Er verschränkte seine Hände hinter dem Rücken und ging zwischen Tür und Tisch im Vernehmungsraum auf und ab. »Merle und Herr Eggen? Wir nehmen jetzt den Flugplatz in Wyk auf Föhr unter die Lupe.«

»Wie stellen Sie sich das vor?«, fragte Eggen und sprang auf. »Sie können da nicht einfach reinspazieren und alles auf den Kopf stellen. Dort gibt es auch gar nicht viel zu sehen. Nur einen Hangar und eine kleine Halle mit einem Kaffeeautomaten – kein Vergleich zu großen Flughäfen. Der Föhrer Flugplatz ist nicht mal eine Miniaturversion davon.«

»Lassen Sie das mal unsere Sorge sein«, sagte Gabriel. »Welche Rolle Sie dabei spielen, besprechen wir während der Fahrt dorthin. Wann geht die nächste Fähre?«

»In vierzig Minuten«, antwortete Eggen mit Blick auf die Uhr.

Gabriel schnappte sich die Transportbox mit BBQ darin und verließ mit Merle und Eggen das Wittdüner Revier.

»Was haben Sie eigentlich immer mit dem Vieh da?«, fragte der Reporter.

»Nennen Sie ihn nicht so, das mag er nicht«, knurrte Gabriel und verstaute die Kiste auf dem Rücksitz des Wagens, wo er sie mit dem Gurt fixierte.

Eggen rollte theatralisch mit den Augen und schnallte sich neben der Box mit dem Frettchen darin an. »Was haben Sie jetzt vor?«, fragte er, als sie Richtung Autofähre nach Föhr fuhren.

»Das besprechen wir, während wir auf der Fähre sind«, sagte Gabriel.

Fünfzehn Minuten später hatten sie den Wagen auf dem Fahrzeugdeck geparkt und saßen auf dem Oberdeck in der Fahrgastkabine. Merle hatte ihnen drei Kaffees in Pappbechern besorgt, an denen sie, jeder seinen eigenen Gedanken nachhängend, nippten.

Schließlich brach Eggen das Schweigen. »Würden Sie mir jetzt bitte sagen, was Sie vorhaben?«

»Wie viele Leute kennen Sie dort?«, fragte Gabriel.

»Wo? Auf dem Flugplatz?« Eggen stellte seinen Pappbecher vor sich auf dem Tisch ab und lehnte sich auf der Sitzbank zurück.

»Nein, im Bundestag. Natürlich auf dem Flugplatz.« Gabriel schlug mit der flachen Hand auf den Tisch, dass die braun-schwarzen Flüssigkeiten in den Bechern erzitterten und konzentrische Kreise auf den Oberflächen bildeten.

»Ich kenne die Restaurantbetreiber, ein sehr nettes Ehepaar in den Fünfzigern. Habe damals zur Eröffnung einen großen Artikel geschrieben …«

»Stopp. Verschonen Sie uns bitte mit Details und beschränken Sie sich auf Fakten, die uns weiterhelfen«, bremste Merle den redseligen Paparazzo aus.

»Also, wie gesagt, ich kenne die Betreiber des Flugplatzrestaurants, die Goldbachs, dann noch Torsten Otto, einen der Mechaniker sowie einige andere Angestellte«, zählte Eggen auf.

»Ist der Hangar vom Gelände aus zugänglich? Gibt es Kameras oder so etwas in der Art?«, fragte Gabriel.

»Den Hangar kann man vom Hauptgebäude aus erreichen, allerdings hat dort nicht jeder Zutritt. Sie müssten schon vorher …«

»Sie sind unsere Eintrittskarte, Eggen«, sagte Gabriel und grinste. »Da Sie den Mechaniker kennen, dürfte das ja kein Problem sein, oder?«

Eggen schluckte und begann sich zusehends unwohler in seiner Haut zu fühlen. Er rutschte unruhig auf der Bank hin und her, griff nach dem Becher und trank einen weiteren Schluck. »Sie wissen schon, dass Sie mich damit in Teufels Küche bringen, oder?«

»Moment mal«, warf Merle ein. »Sie waren es doch, der mit Informationen diesen Fall betreffend geprahlt hat, oder habe ich da etwas missverstanden? Sie wollten doch unbedingt CSI Amrum spielen, oder? Nun, das ist Ihre Chance! Zeigen Sie, was in Ihnen steckt.«

Eggen nickte versonnen, schnappte sich sein Handy und tippte darauf herum. Dann steckte er das Gerät zurück in seine Jackentasche und leerte den Kaffeebecher. Als er den fragenden Blicken der beiden Kommissare begegnete, fühlte er sich zu einer Erklärung genötigt: »Ich habe Torsten Otto, dem Mechaniker, gerade eine Nachricht geschrieben, dass ich komme.«

Merle rollte mit den Augen.

KAPITEL SIEBZEHN

»Interessant«, murmelte Claude, während sie, Penny und Schoki die Briefe in chronologischer Reihenfolge auf dem Tisch ausbreiteten.

»Dass man so etwas heutzutage überhaupt noch macht?« Penny besah sich die handgeschriebenen Seiten, die sich über die ganze Länge des Tisches aneinanderreihten.

»Was meinst du genau?«, fragte Schoki. »Fremdgehen oder Briefe schreiben?«

»Wenn du mich so fragst: beides.« Penny seufzte. »Mal ehrlich, wir leben heute in einer so aufgeklärten Gesellschaft, sind weltoffen, emanzipiert und weiß der Geier was sonst noch alles. Warum zum Teufel geht man dann noch heimlich fremd? Wenn ich das Bedürfnis danach habe, mich von mehreren Personen beglücken zu lassen, dann lege ich doch die Karten offen auf den Tisch, oder? Es gibt genügend Leute, die sich darauf einlassen.« Sie schüttelte den Kopf. »Früher oder später kommt das doch sowieso immer raus.«

»Meint ihr, sie hatte einen Liebhaber und der könnte dahinterstecken?«, fragte Claude. »Vielleicht wollte er Kerstin Jannen ganz für sich haben, und weil sie sich geweigert hat, sich von ihrem Mann zu trennen …«

»Möglich wärs«, murmelte Schoki. »Aber irgendwas passt da nicht.« Sie klappte ihren Laptop auf und tippte auf der Tastatur herum. »Wie lautet der Name des Absenders auf den Briefen?«

Claude nahm eines der Kuverts zur Hand. »J. Brandstätter«, sagte sie. »Die Briefe sind allesamt nur mit *in Liebe* oder *ich denke immer an dich* unterzeichnet. Kein Name.«

»Zeig mal.« Schoki schnappte sich das Kuvert. »Immerhin haben wir eine Adresse.« Sie nahm ein paar Eingaben auf der Tastatur vor, klickte mit der Maus herum und sagte schließlich: »Leute, ihr werdet nicht glauben, was ich gerade herausgefunden habe.«

Plötzlich war von draußen vor der Tür gedämpfter Tumult zu hören. Jemand brüllte herum und wütete wie ein Berserker durch das überschaubare Revier.

Claude, Penny und Schoki standen auf und gingen zur Tür, konnten aber durch die schalldichte Isolierung nicht viel hören.

»Pst!«, machte Claude und legte sich einen Finger an die Lippen. Dann drückte sie die Klinke nach unten und öffnete die Tür einen Spaltbreit.

»… umgebracht!«

»Jetzt beruhige dich doch erst mal, Irene!« Eine weibliche Stimme, vermutlich Antje Höfer.

»Ich und mich beruhigen? Wenn ich den in die Finger bekomme, dann bringe ich ihn eigenhändig um!«

Claude, Penny und Schoki verließen den Vernehmungsraum und gingen nach vorn, wo sie auf eine völlig aufgelöste Frau trafen, die erschrocken herumfuhr, als sie die drei bemerkte.

»Wer sind Sie denn?«, fragte die Frau.

»Das sind …« Antje Höfer hielt inne, weil ihr nichts Passendes einfallen wollte.

»Wir sind wegen des bevorstehenden Bridgeturniers hier«, sagte Penny. »Es müssen noch einige Sicherheitsvorkehrungen getroffen werden. Wo ist eigentlich Herr Petersen?«

»Der ist noch unterwegs, sollte aber bald wieder zurück sein«, sagte Ante Höfer.

»Und wer sind Sie?«, wollte Penny an Frau Broder gewandt wissen.

»Irene Broder«, stellte sich die Frau vor. »Amtierende Bridgemeisterin und Titelverteidigerin.«

»Aber deshalb sind Sie nicht hier, oder?«, hakte Penny nach.

»Nein, nicht deshalb. Ich bin hier, weil dieser Scheißkerl eine meiner Katzen vergiftet hat!« Frau Broder schlug mit der Faust auf den Tresen. »Wo ist er? Sag mir, wo er sich verkrochen hat.« Sie funkelte Antje Höfer finster an. »Gestern wollte er *angeblich* zu einem klärenden Gespräch betreffend die Schließung meines Cafés vorbeikommen, aber hat sich nicht blicken lassen, die feige Sau. Stattdessen bringt er jetzt meine Katzen um?«

Ah, die Katzenlady, fiel Penny ein, als sie sich an Gabriels und Merles gestrigen Cafébesuch erinnerte.

»Von wem sprechen Sie überhaupt? Wer soll ihre Katze vergiftet haben?«, fragte Claude.

Irene Broder sah zu Antje, dann zu Claude. »Kann ich das vor denen …?«

»Nur zu«, sagte Antje Höfer.

»Ich betreibe hier auf Amrum das ›Pussy Lovers‹, nicht, was Sie denken. Es ist ein Katzencafé. Hendrick Jannen ist nicht nur der Name des Cafés ein Dorn im Auge, er hat es offensichtlich auch auf meine Katzen abgesehen.«

Claude nickte, dann klappte sie den Mittelteil der Theke hoch. »Ich darf doch, oder?« Sie ging durch die entstandene Öffnung im Tresen, beugte sich zu der Polizeimeisterin hinab und flüsterte ihr etwas ins Ohr.

»Irene, wo warst du gestern Morgen zwischen 3 und 6 Uhr?«, fiel Antje Höfer mit der Tür ins Haus, obwohl Claude sie gebeten hatte, genau das nicht zu tun.

»Warum willst du das wissen? Was hat das denn damit zu tun?« Sie sah zuerst Antje Höfer und dann Claude mit zusammengekniffenen Augen an.

»Irene, beantworte bitte einfach meine Frage.« Antje Höfer blickte sie aufmunternd nickend an. »Dann sehen wir weiter.«

»Ich weiß zwar nicht, was das damit zu tun haben soll, dass Jannen meine Katzen vergiftet hat, aber wenn du meinst …« Irene Broder sah sich skeptisch um. »Gestern bin ich schon um zwei aufgestanden, weil ich einige Kuchen und Torten vorbereiten musste. Ich stand bis 9 Uhr in der Küche«, sagte sie schließlich.

Antje Höfer nickte und notierte sich etwas. »Kann das jemand bezeugen?«

»Was wird das hier? Ein Verhör? Warum willst du das wissen, Antje?«, fragte Irene, die sich inzwischen ein wenig beruhigt hatte, aber immer noch fahrig und aufgelöst wirkte, wenn auch nicht mehr ganz so rabiat wie vorhin.

»Irene, ich sagte doch bereits, dass ich dir das später erkläre«, intervenierte Antje Höfer.

»Du hängst mir hier doch nicht etwa was an, oder?«, fragte Irene Broder.

»Also, was ist jetzt? Kann jemand bezeugen, dass du die ganze Zeit über in der Küche warst?«

Die Katzenlady überlegte. »Nein, höchstens meine Katzen.«

Claude fiel etwas ein. Da sie nicht glaubte, dass Irene Broder im Besitz einer Fluglizenz war, konnte sie, falls sie überhaupt dafür verantwortlich war, den Mord an Jannen nur in Auftrag gegeben haben. Ihre Angaben mochten durchaus der Wahrheit entsprechen, was aber nicht heißen musste, dass sie nichts damit zu tun hatte. Sie schnappte sich einen Zettel von Antje Höfers Schreibtisch und schrieb etwas darauf, dann schob sie ihn ihrer Kollegin zu, kehrte zu Penny und Schoki zurück und verschwand mit diesen im Vernehmungsraum.

»Hört zu, ich glaube nicht, dass sie es war, auch wenn sie ein starkes Motiv hat«, sagte Claude. »Schoki, du gehst zu diesem Café von der Broder. Dort müsstest du dich in deren Router einloggen und sämtliche Daten auslesen. Ein- und ausgehende Anrufe, aufgerufene Internetseiten, all so was. Ich denke nicht, dass sie die Daten freiwillig rausrückt, ohne zu wissen, wofür.«

»Aber wäre es nicht interessant, zu sehen, wie sie reagiert, wenn sie erfährt, dass Jannen tot ist?«, fragte Penny.

»Alles zu seiner Zeit«, murmelte Claude. »Penny und

ich nehmen uns die Briefe noch mal vor. Was hast du da vorhin überhaupt herausgefunden, Schoki?«

»Das könnt ihr euch sparen, Kerstin Jannen hatte kein außereheliches Verhältnis. Die Briefe wurden allesamt von einem Johann Brandstätter aus Hamburg verschickt«, sagte Schoki.

»Und warum sollte das nicht ihr Liebhaber sein?«, fragte Penny.

»Kerstin Jannens Mädchenname lautet Brandstätter. Johann Brandstätter ist ihr Vater.«

Claude und Penny starrten Schoki an, als hätte diese soeben einen schlechten Scherz gemacht.

»Jetzt schaut mich nicht so an. Die Daten der Meldebehörde lügen nicht.«

»Wenn das stimmt, dann verstehe ich nicht, warum sie die Briefe in der Puppe versteckt hat«, murmelte Penny und schüttelte den Kopf.

»Vielleicht hatte Hendrick Jannen etwas gegen den Kontakt?«, schlug Schoki vor. »Es gibt durchaus besitzergreifende Männer, die ihren Frauen vorschreiben, mit wem sie sich treffen und kommunizieren dürfen und mit wem nicht.«

»Womit Kerstin Jannen ein weiteres Motiv hätte …«, sagte Claude. »Zudem dürfte sie unter dem schlechten Ruf ihres Mannes gelitten haben, schätze ich. Wir müssen herausfinden, mit wem sie hier regelmäßig Kontakt hatte.«

»Genau, und dann könnte Eggen die infrage kommenden Personen aushorchen«, schlug Penny vor.

»Eggen? Das ist in dem Fall wohl eher keine gute Idee«, sagte Schoki. »Wer den Jannens gegenüber wohlgesinnt ist, wird Eggen gegenüber kein Wort darüber verlieren.«

»Ach, stimmt ja.«

»Ich mache mich mal auf den Weg, solange die Katzenlady noch hier ist.« Schoki klappte den Laptop zusammen und verstaute das Gerät in ihrer Umhängetasche. »Ich nehme an, die Höfer wird sie noch eine Weile hierbehalten und beschäftigen?«

Claude nickte. »Die sind mit der Aufnahme der Anzeige beschäftigt, und danach wird sie Frau Höfer in ein Gespräch betreffend das anstehende Bridgeturnier verwickeln.«

Eine halbe Stunde später kehrte Schoki zurück, und gemeinsam werteten sie alle Daten aus. Sie verfolgten die ein- und ausgehenden Anrufe des Festnetzanschlusses zurück, fanden aber nichts Auffälliges. Sämtliche Anrufe gingen an Broders Verwandtschaft oder an Lieferanten, bei denen sie Bestellungen fürs Café tätigte. Zwei Anrufe gingen gestern in die Gemeindeverwaltung, vermutlich wegen des geplatzten Termins mit Jannen.

»Die Broder war es nicht, das kann ich mir einfach nicht vorstellen.« Schoki sah in die Runde. »Was meint ihr?«

»Ich halte die auch für harmlos. Die hat zwar 'nen Hau weg wegen ihrer Katzen, aber einen Mord traue ich ihr nicht zu, genauso wenig wie ich ihr zutraue, einen solchen in Auftrag zu geben.« Claude überlegte. »Was ist mit Brandner?«

»Dem Hotelbetreiber?«, fragte Penny.

»Ja, vielleicht sollten wir dem mal auf den Zahn fühlen.«

Schoki grinste. »Ich habe da auch schon eine Idee.«

KAPITEL ACHTZEHN

Von der Fähranlegestelle in Wyk auf Föhr zum Flugplatz waren es nur noch fünf Minuten mit dem Auto. Nachdem Gabriel den Wagen auf dem ausgewiesenen Parkplatz abgestellt und unter den skeptischen Blicken von Eggen die Transportbox samt Blablaquatschi vom Rücksitz abgeschnallt hatte, gingen sie ihren Plan noch mal durch.

Laut Eggen war der Flugzeugmechaniker Torsten Otto seit heute krankgeschrieben. Von ihm würden sie also keine Informationen bekommen. Das Ehepaar Goldbach, das das Flugplatzrestaurant betrieb, war auch keine gute Quelle. Die beiden wohnten ein ganzes Stück abseits des Flugplatzes und werden daher gestern im Zeitraum zwischen 3 und 6 Uhr morgens bestimmt nicht mitbekommen haben, ob ein Flugzeug gestartet war.

Jetzt blieb ihnen nur noch, Eggens Charme sprühen zu lassen, damit dieser die Dame am Schalter ablenkte und Merle und Gabriel sich währenddessen Informationen beschaffen konnten, die sie endlich einen Schritt weiterbringen würden.

Das Hauptgebäude des Flugplatzes wirkte wie das eines Modellflugplatzes. Es war aus Holz gebaut oder damit verkleidet, auf den ersten Blick ließ sich das nicht feststellen. Auch der Tower erinnerte Gabriel mehr an einen Freizeitverein als an einen professionell betriebenen Flugplatz für Personenverkehr. Der Hangar machte auf ihn eher den Eindruck einer Scheune mit blauen Türelementen, die man zur Seite schieben konnte. Auf der Freifläche standen überall kleine Flugzeuge herum, und die Terrassenanlage des Restaurants, das direkt ans Hauptgebäude anschloss, wirkte mit den gelben Sonnenschirmen einladend. Aber dafür hatten sie heute keine Zeit.

Eggen war sich sicher, dass das Flugplatzgelände selbst zwar über eine Webcam verfügte, im Innenbereich jedoch keine Kameras installiert waren. Gabriel würde das überprüfen müssen, sobald sie drin waren.

Sie traten nacheinander in das Hauptgebäude ein, das sie zu ihrer Überraschung leer vorfanden. Im Prinzip war es nicht viel mehr als eine langgestreckte Hütte mit ein paar Sitzgelegenheiten – vermutlich für wartende Passagiere – und einem Schreibtisch mit Tresen im hinteren Teil. Dahinter saß eine junge Frau mit Brille, die geschäftig wirkend telefonierte, tatsächlich aber ein Privatgespräch führte, wie Gabriel auf den ersten Blick feststellte. *Vermutlich mit ihrem Freund,* dachte er und schüttelte den Kopf. Mit etwas Glück spielte ihnen dieser Umstand in die Karten.

Gabriel sah sich unauffällig um und nahm auf einem der Stühle im Wartebereich Platz. Blablaquatschi stellte er neben sich auf dem Boden ab. Dann scannte er jeden Winkel nach sichtbaren und verdeckt angebrachten Kameras ab, konnte aber nichts entdecken.

Merle kam ebenfalls zu ihm und setzte sich, während Eggen darauf wartete, dass die Flugplatzangestellte ihr Telefonat beendete und er zur Tat schreiten konnte.

Nervös wischte Eggen sich seine Handflächen an seiner Hose ab. Irgendwie gefiel er sich in der Rolle eines Ermittlers, obwohl ihm die Vorgehensweise nicht ganz geheuer war. Aber wenn es der Sache diente, würde er sein Bestes geben. Wann passierte hier schon mal etwas Aufregendes?

Als die Frau das Telefongespräch beendet hatte, legte er los.

»Moin, Moni«, begrüßte er sie.

»Moin, Hajo«, grüßte sie zurück. »Was führt dich heute her? Torsten ist krank.«

»Ich weiß«, sagte er. »Hab ihm vorhin geschrieben. Wer ist sonst da?«, erkundigte er sich und deutete Richtung Hangar.

»Keiner, die sind alle unterwegs. Wie kann ich dir weiterhelfen?«, fragte Moni und wickelte sich eine ihrer blonden Locken um den Zeigefinger. Kaugummikauend sah sie Eggen an.

»Ich muss neulich meine Kameratasche hier vergessen haben«, sagte er. »Könntest du vielleicht mal nachsehen, ob eine abgegeben worden ist?«

»Mhm«, machte Moni. »Das hätte ich bestimmt mitbekommen.«

»Bitte.« Hajo gab sich Mühe, nicht zu theatralisch zu

wirken. Als sie nicht reagierte, setzte er nach: »In der Tasche ist eine Speicherkarte mit viel Bildmaterial …«

»Schon gut, ich schau mal nach. Mach dir aber keine allzu großen Hoffnungen.« Sie stand auf und verschwand hinter einer Tür. »Bin gleich wieder da.«

Hajo winkte Merle und Gabriel hektisch zu sich und deutete in Richtung einer Tür mit der Aufschrift ›Nur für Personal‹. »Los, schnell, beeilen Sie sich.«

Während Gabriel samt Blablaquatschi hinter der Tür verschwand, beugte Merle sich über den Tresen und sah sich auf dem Schreibtisch um. Hefter und Ordner lagen darauf verstreut. Sie zog ihr Handy aus der Tasche, öffnete die Kamera-App und fotografierte die ersten Seiten des obersten Hefters. Dann schnappte sie sich die zwei darunter liegenden und schob sie ein.

Eggen sah sie mit weit aufgerissenen Augen an. »Dürfen Sie …«

»Klappe!«, zischte Merle, drehte den Computermonitor auf dem Schreibtisch in ihre Richtung und fotografierte diesen ebenfalls ab, dann brachte sie ihn wieder in seine Ausgangsposition. »Sie warten hier, bis sie wieder hier ist«, sagte sie zu Eggen und machte sich auf den Weg nach draußen.

Eggen lehnte lässig am Tresen und wartete darauf, dass Moni zurückkehrte.

Währenddessen machte sich Gabriel auf den Weg zum Hangar. Die Tür führte auf einen schmalen Gang, der direkt in den Hangar mündete. Er trat durch die Tür am Ende des Durchgangs und lugte vorsichtig hinein.

Auch im Inneren der Flugzeughalle wirkte alles wie in einer Scheune, nur dass statt Tieren, Heu und Stroh Flugzeuge und Werkzeuge hier untergebracht waren. An der gegenüberliegenden Längsseite standen sauber nebeneinander aufgereiht Werkzeugwägen und Schiebetische mit Schachteln unbekannten Inhalts. *Wahrscheinlich Ersatzteile,* vermutete Gabriel.

Aus Pennys Erzählungen über *Mayday – Alarm im Cockpit* wusste er, dass nach der Reparatur von Kleinflugzeugen fast immer Testflüge durch die Mechaniker vorgenommen wurden. Er suchte nach entsprechenden Wartungslisten oder Reparaturlisten, konnte aber auf den ersten Blick nichts entdecken.

Mit BBQs Transportbox in der Hand ging er schließlich zu den Werkzeugwägen hinüber. Er stellte die Kiste auf einem der Wägen ab und entließ das Frettchen in die Freiheit, jedoch nicht, ohne ihn vorher noch mal mit einem Ingwerstückchen zu verwöhnen. Kaum hatte BBQ den Leckerbissen verschlungen, raste er auch schon wie ein geölter Blitz davon.

Plötzlich hörte er Stimmen von draußen vor den blauen Schiebetüren. Geistesgegenwärtig duckte er sich zwischen zwei Werkzeugwägen und hoffte, dass man ihn nicht entdeckte. Um Blablaquatschi machte er sich weniger Sorgen, der Hosenscheißer versteckte sich sofort, sobald er auch nur das kleinste Geräusch hörte, das ihm Angst einjagte.

Die beiden Personen, die sich unterhielten, betraten den Hangar und verschwanden dann durch die Tür, die Richtung Hauptgebäude führte, ohne Notiz von ihm zu nehmen.

Gabriel hoffte, dass keiner der beiden so schnell zurückkommen würde, sonst säße er in der Falle. Er rappelte sich auf und inspizierte den ersten Wagen. Schub für Schub ging er durch, fand aber außer Werkzeugen und Bestellscheinen nichts von Belang. Als er den ersten Schub des zweiten Wagens aufzog, stach ihm ein Reparaturbericht mit dem gestrigen Datum ins Auge. Er fotografierte den einige Seiten umfassenden Report ab und schloss den Schub wieder. Auch hier stellte sich sein Upgrade vom Nokia 3310 zu einem Smartphone als äußerst praktisch heraus, und er fragte sich zum wiederholten Mal, wie er es so lange ohne dieses vielseitig nutzbare Gerät hatte aushalten können.

Die weiteren Werkzeugwägen und Tische offenbarten nichts, was ihm hätte weiterhelfen können. Plötzlich fiepte etwas laut. Blablaquatschi hüpfte vor dem zweiten Werkzeugwagen, in dem Gabriel den Bericht entdeckt hatte, aufgeregt auf und ab. Etwas am Inhalt des Schranks schien ihn zu triggern.

Schub um Schub ging Gabriel durch, bis er schließlich beim letzten und größten Auszug angelangt war. Wie bereits zuvor entdeckte er dort nichts Interessantes. Eine kleine Thermosflasche, ölfleckige Lappen, ein paar Schraubenschlüssel sowie ein Paar Sicherheitsschuhe. An der rechten oberen Ecke klebte ein kaum mehr lesbarer Aufkleber mit der Aufschrift T. Otto. Das musste der Werkzeugwagen von Torsten Otto sein, von dem Eggen behauptet hatte, ihn zu kennen.

Gabriel nahm den Isolierbehälter heraus und stellte ihn neben sich auf dem Boden ab. Augenblicklich schnüffelte BBQ daran, dann fauchte er und wich ein Stück von der Thermoskanne zurück. Sein Fell stand zu allen Seiten ab, als ob er unter Strom stünde, und sein Schwanz war buschig wie der eines Fuchses. Etwas an der Kanne störte BBQ, sodass Gabriel entschied, sie mitzunehmen. Als er die Sicherheitsschuhe anhob, um den Boden darunter zu untersuchen, stieß er auf ein Medikamentenpäckchen. Ativan. Der Name sagte ihm nichts, und er machte ein Foto davon, stellte die Schuhe wieder darauf und schloss den Auszug.

Auf dem Handydisplay erschien eine Mitteilung. Merle hatte ihm geschrieben, dass sie am Wagen auf ihn wartete. Da er hier ohnehin fertig war, musste er nur noch Blablaquatschi in die Box packen, doch der war verschwunden. Gabriel versuchte, ihn mit leisen Zischlauten und Pfiffen anzulocken, aber der blieb verschollen. Als er sah, dass nur noch der Deckel des kleinen Behälters, in dem er die daumennagelgroßen Ingwerstücke aufbewahrte, neben der Transportbox auf dem Werkzeugwagen lag, wusste er, was los war. Er bückte sich zwischen die beiden Wägen, wo BBQ in deren Schutz schmatzend die restlichen Stücke seiner Lieblingsspeise verdrückte.

»Hab ich dich!« Gabriel verfrachtete ihn mitsamt der Dose in die kleine Kiste und verschloss sie. Den Deckel des Ingwerbehälters schob er in seine Jackentasche, dann machte er sich auf die Suche nach einem Weg nach draußen, möglichst, ohne dabei entdeckt zu werden.

Durch die blauen Türen konnte er nicht hinaus, die Gefahr von jemandem im Tower entdeckt zu werden, war zu groß. Es musste hier doch noch irgendwo einen anderen Ausweg geben. Hektisch sah er sich um, da er nicht wusste, wie viel Zeit ihm noch blieb, ehe wieder jemand hereinkommen würde.

Da erblickte er in der kurzen hinteren Wandseite eine schmale Tür mit einem Notausgang-Zeichen darüber. Während er ein Stoßgebet gen Himmel schickte, das dafür sorgen sollte, dass nirgends ein Alarm losging, drückte er die Klinke hinunter, doch nichts geschah. Entweder die Tür war abgesperrt, was aber bei Fluchttüren nicht sein durfte, oder sie klemmte. Mit gedrückter Klinke rüttelte, schob und zog er daran, bis die Tür schließlich nachgab und ihn ins Freie entließ.

Mist!, schoss es ihm durch den Kopf. *Die Thermoskanne!* Die stand nach wie vor auf dem Boden, wo er sie abgestellt hatte. Gerade noch rechtzeitig, bevor die Fluchttür ins Schloss fiel, gelang es Gabriel, einen Fuß zwischen Tür und Rahmen zu schieben. BBQs Box stellte er so auf, damit die Tür nicht zufallen konnte, und lief dann zu der Stelle, wo die kleine Thermoskanne stand, als er plötzlich erneut Stimmen hörte. Er bückte sich und hob die Kanne auf, als er im Augenwinkel sah, wie die Klinke der Tür, die vom Hauptgebäude in den Hangar führte, sich bereits nach unten bewegte, doch die Tür schwang nicht auf. Dahinter stritten sich, der Lautstärke nach zu urteilen, mindestens zwei Personen.

Gabriel nutzte die Gelegenheit und sprintete zurück zur Tür, wo BBQs Box dafür sorgte, dass er nicht noch mal daran rütteln musste. Als er an der Tür war, hob er BBQ auf, sprang hinaus und atmete erst einmal tief durch. Er befand sich jetzt auf der Rückseite des Flugplatzgeländes und musste sich einen Weg nach vorn zum Parkplatz suchen, möglichst ohne allzu großes Aufsehen zu erregen.

Fünf Minuten erreichte er mit BBQs Box in der rechten Hand und der Thermoskanne unter den linken

Arm geklemmt den Parkplatz, wo ihn Merle erleichtert begrüßte.

»Mensch, was hat denn da so lang gedauert?« Rote Flecken in ihrem Gesicht waren gerade dabei, sich zu verflüchtigen.

»Hast du dir etwa Sorgen um uns gemacht?«, fragte Gabriel schmunzelnd.

»Nicht witzig. Das hätte ganz schön in die Hose gehen können«, antwortete Merle und zeigte ihm ihre Ausbeute. Zwei Schnellhefter mit jeder Menge Daten. »Die soll sich Schoki anschauen. Ich kann damit nicht viel anfangen.«

»Ich war auch nicht erfolglos«, meinte Gabriel.

»Ja, das sehe ich.« Merle warf einen fragenden Blick auf die Thermoskanne.

»BBQ hat bei der Kanne angeschlagen, also habe ich sie mitgenommen.« Er zuckte mit den Schultern und sah sich um. »Wo ist eigentlich Eggen? Der sollte doch längst wieder hier sein.«

Merle und Gabriel wandten sich dem Hauptgebäude zu.

»Sollen wir ohne ihn fahren?«, fragte Merle.

»Komm, wir warten noch zwei Minuten, wenn er dann nicht auftaucht, verschwinden wir.«

In dem Moment, als sie in den Wagen stiegen, ging die Tür des Hauptgebäudes auf, und Eggen spazierte seelenruhig auf sie zu.

»Na los, beeilen Sie sich schon!«, rief Gabriel ihm zu und forderte ihn mit einer Handbewegung auf, Gas zu geben.

»Wo haben Sie die Tasche denn her?«, fragte Merle,

als sie sah, wie Eggen mit einer schwarzen Umhängetasche auf dem Rücksitz Platz genommen hatte.

»Betriebsgeheimnis«, antwortete Eggen. »Sie wollten ein Ablenkungsmanöver, Sie haben eines bekommen. Danken Sie mir später.«

KAPITEL NEUNZEHN

Nachdem Schoki ihren Plan in allen Einzelheiten erklärt hatte, starrte sie in die ratlosen Gesichter ihrer Kolleginnen. »Das ist jetzt nicht euer Ernst, oder?« Schoki schüttelte ihren Kopf. »Kommt schon, Leute. Einen Versuch ist es wert. Mehr als in die Hose gehen kann es nicht.«

»Okay, ich bin dabei. Gabriel würde das vermutlich nicht gefallen, aber was soll's«, sagte Claude.

Auch Penny stimmte nickend zu, und man sah ihr an, dass sie keine Ahnung hatte, was Schoki vorhatte. Von KI hielt sie überhaupt nichts und mit Begriffen wie *Deepfake* wusste sie nicht viel anzufangen, obwohl sie diesen schon mal irgendwo gehört hatte. Es blieb ihr nichts anders übrig, als Schokis Fähigkeiten zu vertrauen.

Eine knappe Stunde später hatten sie verschiedene Audiofiles geniert. Allesamt mit der Stimme von Hendrick Jannen.

Claude und Penny waren begeistert.

»Unglaublich!«, sagte Penny. »Ist das eigentlich legal?«

Claude und Schoki sahen sich an und prusteten los.

»Jaja, schon gut.« Kopfschüttelnd sah sie die beiden an. »Ich muss zugeben, dass dein Plan vorhin schon sehr kurios geklungen hat, aber jetzt … Du bist ein verdammtes Genie, Schoki!«

»Mach mal langsam. Noch ist der Plan nicht aufgegangen.« Schoki sah zu Claude, die gerade dabei war, ihre Jacke anzuziehen und sich auf den Weg zum Hotel zu machen. »Du weißt, was du zu tun hast?«

»Natürlich«, sagte Claude und grinste über beide Ohren. »Wünscht mir Glück.« Damit ließ sie Penny und Schoki allein zurück.

Claude verabschiedete sich kurz bei Antje Höfer, die ihr nur hinterhersehen konnte, wie die Rechtsmedizinerin sprintend das kleine Polizeirevier verließ. Während ihrer Joggingeinheit rutschte ihr die große Brille mit Goldfassung immer wieder die Nase hinunter. Sie nahm sie ab, klappte sie zusammen und verstaute sie in ihrer Jackentasche. Den Weg zum Hotel würde sie auch ohne Brille finden.

Als sie gerade um die Ecke bog, wäre sie beinahe über eine straff gespannte Hundeleine gestolpert, an deren bodennahem Ende ein kleiner Dackel kläffte. Claude kniff die Augen zusammen und erinnerte sich daran, wie Gabriel ihr von dem älteren Ehepaar erzähle, das gestern die Leiche von Hendrick Jannen entdeckt hatte. Kramer, wenn sie sich nicht täuschte.

»Junge Frau, so passen Sie doch auf, wo sie hinlaufen«, blökte die ältere Frau erbost.

»Tut mir leid, Frau Kramer, aber ich habe es eilig!«, entschuldigte sich Claude und gab Fersengeld, während das ältere Ehepaar in ihrem Rücken sich vermutlich erstaunt ansah und sich darüber wunderte, woher sie ihren Namen kannte. All das und noch viel mehr ging Claude durch den Kopf, während sie in Richtung Hotel lief.

Fünf Minuten später stand sie atemlos an der Tür und öffnete diese mit ihrem Schlüssel. Als sie eintrat, fand sie den Eingangsbereich und Tresen leer vor, von Brandner fehlte jede Spur.

»Hallo? Herr Brander? Sind Sie da?«, rief Claude und setzte ihre Brille wieder auf.

Keine Reaktion.

Dann hörte sie jemanden fluchen und derbe Schimpfwörter rufen. »Himmelherrgott noch mal, kann man hier nich mal in *Roh* ka…«, abrupt hielt Brander inne, als er Claude entdeckte. »Ach, Sie sind's. Was kann ich für Sie tun?«

»Vielleicht sollten Sie erst mal ihr angefangenes Geschäft zu Ende bringen«, schlug Claude vor und grinste. »Ich warte so lange.«

Brandner, dem sein Auftritt sichtlich unangenehm war, stapfte mit hochrotem Kopf davon.

Claude nutzte die Gelegenheit, eine Whatsapp-Nachricht an Schoki abzusetzen. *Brandner hat gerade Sitzung, ich lass es kurz anläuten, sobald er fertig ist.*

Sie öffnete schon mal die Kontakte und wählte Schokis Nummer, sodass sie nur noch kurz die Verbindung aufbauen lassen und gleich darauf beenden musste.

Fünf Minuten später hatte Brandner augenscheinlich zu Ende gebracht, wobei sie ihn vorhin gestört hatte. Er kam sichtlich erleichtert herein und auch seine Laune schien besser zu sein als zuvor.

Claude ließ es bei Schoki anläuten und legte gleich wieder auf. »Ah, da sind Sie ja schon wieder.«

»Wie kann ich Ihnen helfen?«, fragte er und tat dabei so, als hätte er auf dem Schreibtisch jede Menge Arbeit, die nur darauf wartete, von ihm erledigt zu werden.

»Es ist so …«, fing Claude an, als das Klingeln des Telefons auf Brandners Seite sie unterbrach.

Er lugte auf das Display. »Das ist wichtig. Dauert nicht lang, ich bin gleich wieder da.« Mit dem Mobilteil in der Hand verschwand er in der Tür, die vermutlich zu seinem Büro führte.

Claude machte sich eine gedankliche Notiz, dass er kein bisschen überrascht war, dass Hendrick Jannen ihn anrief. Somit dürfte er nichts mit dessen Ableben zu tun haben. Schoki hatte es irgendwie geschafft, ihre Anrufer-ID über einen im Ausland sitzenden Betreiber zu fälschen. Als Anruferkennung hatte sie die Nummer des Anschlusses von Hendrick Jannen eingegeben, die, wie sie soeben gesehen hatte, korrekt angezeigt worden war. Claude war gleichermaßen fasziniert wie schockiert, wie einfach das möglich war, denn wenn Schoki das hinbekam, dann schafften das bestimmt auch andere. Ein eiskalter Schauer lief ihr über den Rücken, dann konzentrierte sie sich auf das Gespräch, das gedämpft durch die Tür, geführt wurde.

»…, dass Sie anrufen …« Pause.

»… unzählige Male … zu erreichen.« Pause.

»… der Genehmigung aus?« Pause.

»… will ich hoffen. … verlasse mich auf Sie. Bis dann.« Ende.

Die Tür ging auf und Brandner kam bester Laune zurück.

»Gute Nachrichten, nehme ich an?«, fragte Claude.

»Das kann man wohl sagen«, sagte Brandner. »Wo waren wir stehen geblieben?«

»Ach, ich glaube, das hat sich soeben erledigt. Ich dachte, ich hätte meinen Zimmerschlüssel heute nach dem Frühstück liegen lassen, aber ich habe ihn gerade gefunden.« Claude holte den Schlüssel aus ihrer Jackentasche und wedelte damit in der Luft. »Sehen Sie?«

»Da haben Sie aber Glück gehabt, bei Verlust wären 150 € Gebühr fällig gewesen«, klärte Brandner sie auf.

»Ja, da habe ich wohl großes Glück gehabt«, sagte sie. *Du aber auch,* dachte sie und verabschiedete sich.

Als sie draußen war, leitete sie ihre Beobachtungen an Schoki weiter und machte sich in gemächlichem Schritttempo auf den Weg zurück zu ihren Kollegen. Was genau Brandner gesagt hatte, hat Schoki aufgezeichnet.

Claude genoss ihren Spaziergang mit allen Sinnen. Sie betrachtete ihre Umgebung bewusst, lauschte dem Rauschen des Winds und atmete die nach Seetang riechende Meeresluft absichtlich tief ein. Sie spürte den Wind, wie er ihr ins Gesicht blies – mal stark und dann wieder sanft, als ob sie eine Feder kitzeln würde. Ein Vortrag während ihres Studiums kam ihr in den Sinn. Claude konnte sich nicht mehr an alle Einzelheiten erinnern, wusste nur noch, wie wichtig es war, alles, was man tat, mit einer angemessenen Menge Achtsamkeit zu tun. Leider kam sie durch ihren Job, der sie sehr in Beschlag nahm, nicht mehr oft in den Genuss dieser Übungen, aber sie hatte vor, künftig öfter solche kurzen Auszeiten einzuplanen.

Zwanzig Minuten später hatten sie sich die Aufzeichnung des Gesprächs gemeinsam angehört. Im Großen und Ganzen ging es darum, dass Brandner es kaum erwarten konnte, bis Jannen endlich den Bauantrag durch den Bauausschuss genehmigen ließ. Somit konnten sie ihn von der Liste der Verdächtigen streichen, denn wenn er gewusst hätte, dass Jannen tot war, hätten ihm sämtliche Gesichtszüge entgleisen müssen, als er gesehen hatte, wer ihn da anrief.

»Einer weniger«, murmelte Penny. »Und wir sind noch keinen Schritt weiter. Wartet mal.« Sie dachte kurz nach. »Wenn die Nummer mit Brandner so wunderbar geklappt hat, dann dürfte es doch auch bei Irene Broder kein Problem sein, oder?«

»Du hast recht«, sagte Schoki. »Wir erstellen ein paar Audiofiles, in denen Jannen sich bei ihr entschuldigt und ihr glaubhaft versichert, dass er die drohende Schließung rückgängig machen wird.«

»Wir müssen auch an die tote Katze denken«, erinnerte Penny sie. »Er sollte sich als Tierfreund zu erkennen geben und ihr sein Mitgefühl aussprechen.«

»Und auf jeden Fall abstreiten, etwas damit zu tun zu haben«, warf Claude ein.

Sie machten sich an die Arbeit und keine halbe Stunde später hatte die KI ihnen aus ein paar Stimmproben, die sie zuvor eingespeist hatten, einige Sätze gebastelt, mit denen sie im Laufe eines fingierten Telefonats feststellen wollten, wie die verrückte Katzenlady reagierte, wenn ein Toter bei ihr anrief.

Schoki wählte Irene Broders Nummer und ließ erneut Jannens Anruferkennung anzeigen.

»Broder«, meldete sich die Cafébetreiberin.

Schoki ließ die erste Audiodatei abspielen. »Hendrick Jannen hier.«

»Dass Sie es wagen …«, setzte Irene Broder an, und Schoki spielte die zweite Audiodatei ab.

»Es tut mir leid, Frau Broder. Das ist alles ein Riesenmissverständnis. Ich entschuldige mich in aller Form bei Ihnen und werde alles in die Wege leiten, um die Schließung ihres Cafés abzuwenden.«

»Ist das Ihr … Ihr Ernst?«, fragte Frau Broder, der man anhörte, wie sehr sie die ganze Situation aufwühlte. »Aber woher der plötzliche Sinneswandel?«

»Ich habe überreagiert«, beteuerte Audiofile Nummer 3 gegenüber Irene Broder.

»Ich muss mich auch bei Ihnen entschuldigen, Herr Jannen«, hauchte die Cafébesitzerin in den Hörer, sodass sie kaum zu verstehen war. »Ich habe Sie heute angezeigt, weil ich Sie verdächtigt habe, eine meiner Katzen umgebracht zu haben, dabei habe ich vorhin den angefressenen Schnittlauchtopf entdeckt …« Irene Broder schluchzte und ihre Stimme brach.

»Es tut mir leid, Frau Broder«, gab eine weitere Audiodatei wieder, dann beendete Schoki das Telefonat.

»Puh, was für ein Drama«, sagte Claude, die das

Gespräch sehr aufgewühlt hatte. »Unglaublich, was mit der heutigen Technik alles möglich ist.« Sie schüttelte den Kopf.

»Ja, und das ist noch längst nicht alles«, erklärte Schoki. »Es reichen ein paar Bilder von einer Person, um diese in Filmszenen zu schneiden. Diese *Deepfakes* sehen inzwischen so täuschend echt aus, sind kaum mehr als solche zu erkennen. Es gibt zum Beispiel Pornovideos mit unserer Ex-Bundeskanzlerin Ange…«

»Blumenwiese, Blumenwiese«, sagte Penny, schloss die Augen und steckte sich ihre Zeigefinger in die Ohren, während Claude und Schoki lachten.

KAPITEL ZWANZIG

Es war schon früher Abend, als Gabriel, Merle und Eggen im Wittdüner Polizeirevier eintrafen. Sie hatten die nächste Fähre knapp verpasst, was sich Eggen während der Überfahrt von Föhr nach Amrum mehr als einmal anhören musste.

Im Befragungsraum stießen sie auf den Rest ihrer Truppe, die gleich zwei Erfolge vorzuweisen hatten. Brandner und Broder konnten sie von der Liste der Verdächtigen streichen.

Gabriel war einmal mehr von Schokis Fähigkeiten erstaunt. Die heutige Technik entwickelte sich so rasant, dass man nicht mehr hinterherkam, sobald man sich nicht aktiv damit auseinandersetzte.

Kopfschüttelnd lauschten Gabriel, Merle und Eggen der Aufzeichnung des Gesprächs zwischen Hendrick Jannen und Irene Broder.

»Unglaublich, wie echt sich das anhört«, bestätigte Merle, nachdem sie sich zuvor einige Ausschnitte aus Interviews mit Jannen angehört hatte.

»Gut gemacht, Mädels«, lobte Gabriel sie. »Aber auch wir waren nicht erfolglos.« Er sah zu Merle und überließ ihr die Zusammenfassung.

»Ich habe die Flugpläne der letzten Tage abfotografiert und die hier«, sie legte zwei Schnellhefter auf den Tisch, »mitgenommen.«

Schoki schnappte sich einen und blätterte durch. »Mhm«, murmelte sie. »Die helfen uns nicht viel weiter. Das sind geplante Flüge für die nächsten Tage und Wochen, wie es aussieht. Schick mal dein Foto rüber.«

Gabriel ging zur Tür und drehte sich noch mal um. »Bin gleich wieder da.« Er hatte die Thermoskanne im Auto vergessen. Claude sollte sie sich mal anschauen, vielleicht konnte sie mit ihren Schnelltests eine grobe Analyse durchführen.

Am Wagen angekommen, konnte er die Kanne nirgends finden. Vermutlich hatte er sie doch schon mit hineingenommen und neben BBQ abgestellt.

Als er wieder zurückkehrte, sah er sich um und schüttelte seinen Kopf.

»Suchst du was?«, fragte Claude.

»Ja, meine Thermoskanne«, sagte Gabriel und bückte sich, um unter den Tisch zu schauen, und merkte im selben Augenblick, wie idiotisch das war.

Merle sah ihn an. *Seine Thermoskanne?* »Im Auto habe ich sie noch gesehen. Dann muss sie ja auch irgendwo sein, oder? Komm, wir sehen noch mal nach.«

Gemeinsam suchten sie das Innere des Wagens ab und wollten schon fast ergebnislos aufgeben, als Merle von hinten unter den Fahrersitz griff.

»Da ist sie ja, *deine Thermoskanne*«, sagte sie. »Muss

während der Fahrt wohl runtergefallen und unter den Sitz gerollt sein.«

»Gott sei Dank.« Gabriel fiel ein Stein vom Herzen. Er konnte nicht sagen, warum, aber er war sich sicher, dass die Thermoskanne etwas zu bedeuten hatte. Blablaquatschi wäre nicht umsonst darauf angesprungen. »Bitte spiel mit. Ich weihe dich nachher ein.«

Zurück bei den anderen, stellte er die Kanne auf dem Tisch ab. »Ach, ich hab noch was«, sagte er, während er auf dem Bildschirm seines Smartphones herumwischte. »Schick ich dir gleich, Schoki.« Er markierte die entsprechenden Fotos und leitete sie an Schoki weiter.

»Da schau her«, sagte sie, als die Bilddateien auf ihrem Laptop erschienen. »In der Nacht von vorgestern auf gestern wurde eine Cessna C172 repariert, gewartet und anschließend probegeflogen.« Sie überflog die Zeilen, blätterte zum nächsten Foto und hielt inne. »Oha.«

»Was ist?« Gabriel beugte sich über sie, um etwas erkennen zu können.

»Wollt ihr wissen, wer die Reparatur in Auftrag gegeben hat?«, fragte sie in die Runde und schwieg einen Moment lang, um ihre Kollegen ein wenig auf die Folter zu spannen.

»Nun sag schon«, drängte sie Merle. »Wer war es?«

»Es war Hendrick Jannen.« Schoki deutete auf eine unleserliche Unterschrift.

»Wie bitte?«, fragte Gabriel. »Das könnte genauso gut Dirk Borowski heißen.«

Schoki sah ihn an. »Glaub mir, wenn ich sage, dass das Jannens Signatur ist, dann ist sie das.« Sie tippte auf der Tastatur eines weiteren Laptops herum, den sie für das Back-up von Jannens PC benutzt hatte, und öffnete eine PDF-Datei, die unter ›Sitzungsprotokoll Stadtrat‹ gespeichert war. Anschließend zoomte sie auf der letzten Seite, auf der alle anwesenden Personen mit leserlichem Namen in Blockschrift und Unterschrift unterzeichnet hatten, die Stelle heran, an der Jannen sich verewigt hatte. »Na?«

»Das wirft jetzt allerdings mehr Fragen auf, als es beantwortet.« Merle sah zu Eggen. »Kann es sein, dass Sie in Ihrer Geschichte von heute Vormittag ein paar entscheidende Details vergessen haben?«

»Davon wusste ich nichts«, sagte der. »Vielleicht hat er erst kürzlich die Fluglizenz gemacht?«, riet er ins Blaue.

»Oder er hatte gar keine und war nur Besitzer der Cessna«, überlegte Gabriel laut.

»Das passt doch hinten und vorne nicht«, sagte Merle und wandte sich zum Gehen. »Ich schicke jetzt Anja Höfer und Henning Petersen noch mal zu Frau Jannen. Die sollte wissen, ob ihrem Mann eine Cessna gehört oder nicht. Leider hat Kerstin Jannen ihren Mann bereits identifiziert, sodass wir die Telefonnummer bei ihr nicht mehr durchziehen können.«

Als Merle wieder hereinkam, sah sie, wie Claude zwinkerte. Sie blickte zu Gabriel, der ihr mit einem kaum merklichen Nicken andeutete, wieder nach draußen zu gehen.

»Bin gleich wieder da«, sagte sie, schloss die Tür und sinnierte darüber nach, was hier vor sich ging. Kaum hatte sie den Gedanken zu Ende gedacht, kamen Gabriel und Claude aus dem Vernehmungsraum und nahmen sie beiseite.

»Was ist los?«, fragte sie. »Klärt mich mal bitte jemand auf?«

Claude, die die Thermoskanne in der Hand hielt, sah zu Gabriel, der nickte. »Gabriel hat im Werkzeugschrank von diesem Mechaniker Torsten Otto ein Medikament gefunden und abfotografiert.«

Merle sah ihn an. »Warum hast du mir davon nichts gesagt?«

»Ich wollte nicht, dass Eggen davon erfährt«, erklärte er. »Noch nicht. Sonst könnte er Otto warnen, immerhin kennen die beiden sich.«

Merle nickte. »Okay, das ergibt durchaus Sinn.«

»Ich werde die Rückstände in der Kanne, sofern vorhanden, auf Stoffe untersuchen, die nichts darin verloren haben«, sagte Claude. »Das Medikament Ativan, das Gabriel gefunden hat, enthält als Hauptwirkstoff Temazepam, ein mittellang wirksames Benzodiazepin. Die Wirkdauer beträgt fünf bis vierundzwanzig Stunden und könnte daher passen.«

»Okay«, sagte Merle. »Was soll ich jetzt tun?«

»Wir müssen das vorerst für uns behalten«, schlug Gabriel vor. »Ein falsches Wort, und Eggen könnte alles ruinieren. Ich bin mir inzwischen ziemlich sicher, dass dieser Otto etwas mit Jannens Tod zu tun hat. Ob direkt oder indirekt, das gilt es herauszufinden. Mir ist es ein Zufall zu viel, dass der Typ ausgerechnet seit heute krankgeschrieben ist.«

»Also gehe ich jetzt wieder rein und tue so, als wüsste ich von nichts?«, fragte Merle.

Gabriel und Claude nickten.

»Mensch, ihr wisst doch, dass ich nicht lügen kann.«

»Du sollst ja auch gar nicht lügen, nur kein Wort über

das Medikament verlieren«, sagte Claude. »Das ist ein Unterschied.«

»Ja, aber kein sonderlich großer«, murmelte Merle. »Ihr vergesst, dass ich nicht auf der Schauspielschule war.«

»Keine Angst, ich bin ja auch noch da«, sagte Gabriel und klopfte ihr auf die Schulter.

»Warum beruhigt mich das jetzt nicht wirklich?« Merle rang sich ein Grinsen ab und ging mit Gabe wieder zurück zu den anderen.

Claude bezog auf dem Platz von Antje Höfer und Henning Petersen Stellung und begann, die Rückstände in der Kanne mit ihren Teststreifen zu untersuchen. Gabriel hatte ihr eine Whatsapp-Nachricht geschrieben und ihr erklärt, worum es ging. Daraufhin hatte sie möglichst unauffällig ein paar ihrer Schnelltests aus ihrem Koffer genommen und eingeschoben.

»Ich weiß ja nicht, wie es euch geht«, sagte Eggen und rieb sich demonstrativ über seinen Bauch, »aber ich habe einen Bärenhunger.« Übergangslos war er vom formellen Sie zum Du übergegangen. Augenscheinlich fühlte er sich bereits bestens integriert. Er schob seinen Stuhl vom Tisch zurück und stand auf.

»Wo wollen Sie denn hin?«, wollte Gabriel wissen. »Wir haben gerade Pizza für alle bestellt.« *Puh, das war knapp.*

Hajo Eggens Augen wurden groß. »Wunderbar!« Dann setzte er sich wieder.

Gabriel schrieb eine WhatsApp-Nachricht an Claude, mit der Bitte, Pizzen für alle zu bestellen.

Wenn Eggen Claude vorn im Dienstzimmer mit Teststreifen hantieren gesehen hätte, wären sie in Erklärungsnot gekommen. So war es gerade noch mal gut gegangen, und Gabriel hatte zwei Fliegen mit einer Klappe geschlagen.

KAPITEL EINUNDZWANZIG

Eine Stunde später kehrten Antje Höfer und Henning Petersen von Kerstin Jannen zurück.

»Frau Jannen geht's den Umständen entsprechend«, sagte Petersen. »Frau Doktor Lieberwirth hat ihr ein Beruhigungsmittel gespritzt. Zum Glück hat sie eine gute Freundin nach Flensburg begleitet.«

»War sie in der Lage, eure Fragen zu beantworten?«, erkundigte sich Merle und taxierte die beiden in der Tür zum Vernehmungszimmer stehenden Beamten.

»Ja und nein«, meinte Antje Höfer schließlich. »Sie will nichts davon gewusst haben, dass ihr Mann im Besitz eines Kleinflugzeugs ist beziehungsweise war.«

»Aber so eine Anschaffung lässt sich doch schlecht geheim halten, oder?«, überlegte Penny laut. »Wie viel kostet so eine Kiste?«

»Neu zwischen 130.000 und 200.000 €, je nach Ausstattung«, sagte Hajo Eggen und zuckte entschuldigend mit den Schultern. »Grundwissen.« Er lachte.

»Nein im Ernst, ich kenne Torsten gut und da kommt man schon mal ins Gespräch.«

»Und bei einem dieser Gespräche hat er Ihnen nicht zufällig etwas darüber erzählt, dass eine der Cessnas Hendrick Jannen gehört?«, hakte Merle nach.

»Nein, warum sollte er auch? Vielleicht hat er es vor der Reparatur selbst nicht gewusst?«

»Ich frage mich gerade, ob es üblich ist, ein Flugzeug zu besitzen, obwohl mal selbst nicht im Besitz einer Fluglizenz ist«, murmelte Gabriel. »Möglich ist es wohl, aber warum sollte man das tun?«

»Um mit der eigenen Maschine schnell von A nach B zu kommen, vielleicht?«, schlug Claude vor, die inzwischen wieder zu ihnen gestoßen war. Die Thermoskanne hatte sie vorn auf dem Schreibtisch stehen lassen, und ihre Ergebnisse wollte sie den anderen erst mitteilen, wenn Eggen nicht dabei war.

»Der Unterhalt einer Cessna ist bestimmt nicht günstig und würde sich vermutlich nur lohnen, wenn man es für Charterflüge zur Verfügung stellt oder selbst oft und viel nutzt«, grübelte Merle.

Schoki meldete sich zu Wort: »Google sagt, dass man zwischen Fixkosten pro Jahr und variablen Kosten pro Stunde unterscheidet. Bei einer 200 PS-Klasse sind zwischen 10.000 und 12.000 € pro Jahr und 90 bis 100 € pro Stunde realistisch.«

Gabriel stieß einen Pfiff aus. »Und davon will Frau Jannen nichts wissen? Sorry, aber das kann ich mir nicht vorstellen.«

Henning Petersen, der nach wie vor mit seiner Kollegin in der Tür stand, räusperte sich. »Brauchen Sie uns noch?«

»Im Augenblick nicht«, sagte Gabriel und schloss die Tür hinter den beiden. »Was übersehen wir hier?«

Gabriel musste unbedingt selbst mit Frau Jannen sprechen. Vermutlich waren die Kollegen vor Ort auf solche Situationen nicht entsprechend vorbereitet und möglicherweise auch gar nicht dafür geschult.

Ein Vibrieren in seiner Hosentasche riss ihn aus seinen Überlegungen. Er zog sein Handy heraus und schaute aufs Display, von wo ihm sein Chef, Generalstaatsanwalt Erno Heinrichsen, entgegengrinste. Der hatte ihm gerade noch gefehlt, aber ihm blieb nichts anderes übrig, als das Gespräch anzunehmen.

»Behrens«, meldete er sich.

»Heinrichsen hier. Wie sieht's aus? Gibt's schon Ergebnisse?«, kam er ohne Umschweife auf den Grund seines Anrufs zu sprechen.

Diskret, wie immer, dachte Gabriel. »Wir wissen, wer das Opfer ist und kennen den ungefähren Tathergang. Zwei Verdächtige konnten wir bereits von der Liste streichen, eine haben wir noch.« Gabriel hoffte, dass er sich mit diesen Informationen zufriedengab.

»Um wen handelt es sich denn bei dem Toten?«, erkundigte sich Heinrichsen.

»Hendrick Jannen, Stadtrat und Mitglied im Bauausschuss.«

»Oha«, machte sein Chef und sprach dann leiser weiter. »Der Reporter mit den Informationen, mit dem Sie zusammenarbeiten sollten, heißt der zufällig Eggen? Antworten sie nur mit Ja oder Nein.«

»Ja.«

»Checken Sie nachher Ihren E-Mail-Account. Ich schicke Ihnen was rüber, dauert aber ein wenig. Und was jetzt gleich folgt, nehmen Sie bitte nicht persönlich«, flüsterte Heinrichsen ins Telefon, sodass Gabriel ihn kaum noch verstand. Unmittelbar darauf legte Heinrichsen in einer Lautstärke los, die Gabriels Ohren klingeln ließ: »Und jetzt sehen Sie gefälligst zu, dass Sie den Fall bis morgen lösen!« Ende der Durchsage.

»Was war das denn jetzt?«, fragte Merle und sah ihn erschrocken an.

»Ich habe keine Ahnung«, gab Gabriel zu und steckte das Handy wieder weg. Wenn ihn nicht alles täuschte, hatte Eggen die ganze Zeit über gegrinst wie ein Honigkuchenpferd. *Wer den Schaden hat, braucht für den Spott nicht zu sorgen.*

»Merle, komm«, sagte Gabriel, »wir fahren zu Frau Jannen.«

Sie sah ihn fragend an, hakte aber nicht nach, schnappte sich ihre Jacke und folgte ihm.

Kurz besprachen sie sich mit den Kollegen im Dienstzimmer, damit diese auf jeden Fall auf ihre Rückkehr warteten.

Gabe schlug, als er aus dem Wagen gestiegen war, seinen Mantelkragen hoch. Das Wetter hatte umgeschlagen und der Wind fegte über die Insel, dass sich die wenigen umstehenden Bäume gefährlich neigten. Auch Merle stemmte sich gegen den Wind, der, den dunklen Wolken am Himmel über ihnen nach zu urteilen, in Kürze eine Menge Regen mit sich bringen würde.

»Komm, beeilen wir uns besser«, sagte Gabriel und nickte in Richtung Haustür.

Dort angekommen klingelte er, und beinahe rechnete

er damit, dass Frau Jannen nicht öffnen würde, doch dann ging ein Licht an.

»Ah, die Dame und der Herr vom Gewerbeamt, richtig?«, murmelte sie mit verwaschener Stimme, als ob sie zu viel getrunken hätte.

Gabriel konnte sich nicht erinnern, während ihrer Durchsuchungsaktion irgendwo im Haus auch nur eine Flasche mit alkoholischem Inhalt gesehen zu haben. Vermutlich machte sie das Beruhigungsmittel so benommen.

»Es dürfte sich ja inzwischen herumgesprochen haben«, meinte Kerstin Jannen.

»Was dürfte sich herumgesprochen haben?«, fragte Merle.

»Jetzt tun Sie doch nicht so, Frau Kli…, ach, wie auch immer.«

»Geht es Ihnen gut, Frau Jannen?«, erkundigte sich Gabriel. Die Frau schien völlig neben sich zu stehen.

»Natürlich geht es mir gut, es könnte mir nicht besser gehen. Mein Mann ist tot und mir geht es suuuuuper!«, brabbelte sie vor sich hin. »Und Sie!« Sie pikte Gabriel mit dem Zeigefinger in die Brust. »Sie konnten ihn doch ebenso wenig leiden wie alle anderen! Und unsere Dorfpolizei hockt in ihrer Dienststelle und dreht Däumchen. Ob ich was von einer Cessna wisse, haben die mich gefragt. Ist das zu glauben?«

Gabriel und Merle sahen sich betreten an und zuckten mit den Schultern.

»Was wollen Sie überhaupt schon wieder hier? Es gibt nichts mehr zu klären. Mein Hendrick ist tot. Mausetot.« Dann brach es aus ihr heraus. Ihre Beine knickten weg und sie ging zu Boden.

Gerade noch rechtzeitig konnten Merle und Gabriel Frau Jannen mit einem Griff unter ihre Achseln auffangen. »Kommen Sie, wir bringen Sie erst mal rein«, sagte Merle und gemeinsam führten sie sie ins Wohnzimmer.

Merle richtete ihr ein paar Kissen zurecht und sorgte dafür, dass die Frau bequem lag. »Passt du kurz auf, dass sie nicht runterfällt?«, fragte sie in Gabriels Richtung.

»Klar.«

»Ich hole schnell ein Glas Wasser. Bin gleich wieder da.«

Währenddessen checkte Schoki in der Dienststelle ihr allgemeines Teampostfach. Eine neue Nachricht von Heinrichsen war eingegangen. Sie öffnete den Anhang und las sich alles in Ruhe durch. Der Inhalt ließ sie schlucken, aber sie machte vorerst gute Miene zum bösen Spiel.

»Und jetzt?«, fragte Eggen. »Wie geht's jetzt weiter?«

»Wir warten erst mal, bis Gabriel und Merle zurückkommen«, sagte Claude. »Und dann sehen wir weiter. Heute wird nicht mehr viel passieren.« Sie atmete laut aus und stellte sich vor, wie sie alles, was sie blockierte, mit der verbrauchten Atemluft aus ihrem Körper beförderte. Ein diffuses Gefühl hatte sie im Griff, aber sie konnte nicht sagen, was es war, das ihr Kopfzerbrechen bereitete.

»Ganz schön stressiger Job, was?«, sagte Eggen. »Hab ich heute am eigenen Leib erfahren. Da lobe ich mir meine Recherchen im Internet und Archiv. Was ihr da treibt, ist ja nicht ganz ungefährlich.«

Schoki biss sich auf die Unterlippe und sah zu Claude und Penny. Die beiden wirkten erschöpft und hingen, jede für sich, ihren eigenen Gedanken nach.

Es klopfte an der Tür und Antje Höfer trat ein. Mit ihr kam ein Schwall warme Luft in den Raum, geschwängert mit dem Duft von Mozzarella und Tomatensoße.

»Essen ist da!« Sie trug sechs übereinandergestapelte Pizzakartons herein und stellte sie auf einem freien Fleckchen auf dem Tisch ab. »*Goden Appetit!*«

»Ich habe einen Bärenhunger«, sagte Claude, klappte den Deckel der obersten Schachtel auf und nahm einen tiefen Atemzug. »Himmlisch!«

Dann machten sich die vier über ihre Pizzen her.

Merle kehrte mit einem Glas Wasser ins Wohnzimmer zurück und Gabriel bedeutete ihr, leise zu sein.

Kerstin Jannen lag auf der Couch und schlief.

Nachdem Merle das Wasserglas auf dem Tisch abgestellt hatte, gab sie Gabriel ein Zeichen, ihr nach draußen zu folgen.

»Was sollen wir jetzt machen?«, flüsterte sie.

»Keine Ahnung«, sagte Gabe. Er holte sein Handy aus der Tasche, um den Posteingang zu checken. Heinrichsen hatte gesagt, dass er ihm etwas schicken wollte.

Tatsächlich war eine Nachricht im Teampostfach, die bereits als gelesen markiert worden war, was hieß, dass Schoki, Penny und Claude schon Bescheid wussten.

Er überflog die Zeilen und öffnete den Anhang. Aus der mitgeschickten Akte ging hervor, dass die Staatsanwaltschaft über einen längeren Zeitraum hinweg in einem Fall von Drogenschmuggel auf Amrum und Föhr ermittelt hatte, die Akte jedoch aus Mangel an Beweisen schließen musste.

Was Gabriel da las, ergab für ihn keinen Sinn. Er erkannte darin keinerlei Zusammenhang mit ihrem Fall und reichte Merle sein Handy.

Merle überflog den Inhalt der Akte, dann sah sie Gabriel an.

»Schau mal, hier«, flüsterte sie. »Die hatten Hendrick Jannen im Verdacht, im großen Stil Drogen zu schmuggeln.«

»Ja, das habe ich auch gelesen. Aber das ist doch Quatsch.« Gabriel winkte ab.

»Findest du?« Merle reichte ihm das Handy zurück. »Lies mal das hier.«

Er scrollte durch den Text, dann blieb er an einem Namen hängen: Hajo Eggen. »Das gibt's doch nicht.«

KAPITEL ZWEIUNDZWANZIG

»So, Leute«, sagte Gabriel, nachdem er und Merle wieder zurückgekehrt waren. »Für heute machen wir Feierabend. Die Kollegen Höfer und Petersen wollen auch langsam Schluss machen.«

»Habt ihr was herausgefunden, das uns weiterbringt?«, fragte Claude und stand auf. Sie packte ihre Sachen zusammen und verstaute sie in ihrer Tasche.

»Leider nein«, sagte Merle. »Frau Jannen war völlig weggetreten. Wir haben sie ins Bett gebracht und sind dann gefahren. Morgen wird sie dann die bittere Realität einholen.«

Gabriel nickte nachdenklich. »Wenn ihr mich fragt, scheidet Kerstin Jannen als Täterin aus. Entweder sie hat wirklich nichts von den Machenschaften ihres Mannes gewusst, oder sie ist eine verdammt gute Schauspielerin.«

An Eggen gerichtet sagte Gabriel: »Wir treffen uns morgen um 8 Uhr hier. Sollten Sie in der Zwischenzeit etwas herausfinden, immer her damit.« Er klopfte dem

Reporter anerkennend auf die Schulter. »Gute Arbeit heute.«

Mit stolz geschwellter Brust stolzierte er wie ein Gockel aus dem Zimmer.

»Den wären wir erst mal los«, sagte Merle. »Alles Weitere im Hotel.«

Gabriel schnappte sich die Box mit Blablaquatschi, sah sich noch mal im Raum um und schloss dann die Tür hinter sich, nachdem alle draußen waren. Sie verabschiedeten sich von Kollegin Höfer und Kollege Petersen und kündigten sich für morgen früh ein weiteres Mal an.

Erst als die Zimmertür hinter ihnen ins Schloss gefallen war, sagte Gabriel: »Schoki, habt ihr Heinrichsens Mail gelesen?«

Schoki nickte.

Penny und Claude sahen ihn fragend an. »Welche Mail?«

»Ich hab euch noch nichts gesagt, weil Eggen die ganze Zeit dabei war«, sagte Schoki. »Ich hoffe, das war in deinem Sinne, Gabe.«

»Absolut.« Er brachte die beiden auf den aktuellen Stand, und gemeinsam überlegten sie, was sie heute noch ausrichten konnten.

»Glaubt ihr, dass an der Sache was dran ist?«, fragte Merle in die Runde.

»Möglich wär's, oder?«, sagte Claude. »Überlegt mal. Mit so einem Flugzeug lassen sich *easy-peasy* größere Mengen Drogen schnell über eine große Distanz hinweg transportieren. Selbst wenn zahlende Kundschaft den

Flieger gechartert hat. Da fallen fünfzig, hundert oder mehr Kilo nicht ins Gewicht.«

»Und zur Not kann man die Zusatzfracht mal eben über Bord werfen«, sagte Merle.

»Moment mal.« Gabe sah sie an. »Was hast du da gerade gesagt?«

»Dass man die Zusatzfracht zur Not mal eben schnell über Bord werfen kann?«

»Das ist es!«, sagte Gabe. »Natürlich. Wie konnten wir nur so blind sein?«

»Die Reste in der Kanne waren übrigens negativ.« Claude zuckte mit den Schultern. »Tee mit Rum. Sehen die Flugplatzbetreiber bestimmt gern, wenn die Mechaniker sich einen hinter die Binde kippen.«

»Was, wenn Otto und Jannen zusammengearbeitet haben? Vorher zur Beruhigung schnell eine Ativan reingepfiffen und ab ging die Post«, spann Gabriel seine Geschichte weiter. »Otto wollte sich nicht länger mit Peanuts abspeisen lassen, hat möglicherweise einen Funkspruch fingiert oder behauptet, dass man sie auf dem Radar hatte. Daraufhin hat er den Autopiloten übernehmen lassen und anstelle gemeinsam mit Jannen die Fracht über Bord zu werfen, verpasste Otto seinem Auftraggeber den Todesstoß.«

»Ganz schön gewagte Theorie«, warf Penny ein. »Aber würde erklären, warum der sich heute krankgemeldet hat.«

»Aber wie soll Jannen das alles vor seiner Frau geheim gehalten haben?«, fragte Schoki. »Die beiden haben unter einem Dach gelebt. So was muss doch auffallen, oder?«

»Die haben beziehungsweise hatten wohl beide ihre

Leichen im Keller.« Gabriel spielte damit auf die versteckten Briefe an.

»Also morgen noch mal nach Föhr zu Torsten Otto?« Merle setzte sich aufs Bett und wartete auf eine Reaktion.

»Würde ich sagen, ja.« Gabriel nickte. »Aber vorher treffen wir uns wie vereinbart noch mal mit den Kollegen im Revier.«

»Warum das denn?«, wollte Claude wissen, und rückte sich ihre Brille zurecht. »Unseren Starjournalisten brauchen wir jetzt nicht mehr.«

»Abwarten …«, sagte Gabriel. »Kommt morgen alle pünktlich um 7 Uhr zum Frühstück.« Dann öffnete er einen der beiden verbliebenen Pizzakartons, die er vor Eggens gierigen Blicken gerettet und mitgenommen hatte, trennte ein Stück davon ab, rollte es zusammen und schob es sich in den Mund.

»Waf ift?« Er schluckte den halb zerkauten Brei runter. »Raus jetzt mit euch.«

KAPITEL DREIUNDZWANZIG

Am nächsten Morgen versammelten sich Gabriel, Merle, Penny, Schoki und Claude pünktlich um 7 Uhr im Frühstücksraum. Nachdem Gabriel sich vergewissert hatte, dass sie allein waren, ließ er die Bombe platzen.

»Ich hatte einen beziehungsweise mehrere gute Gründe, mein Nokia gegen eines dieser neumodischen Smartphones einzutauschen.«

Seine drei Kolleginnen sahen ihn an, als hätte er ihnen gerade eröffnet, dass er schwer erkrankt wäre und nicht mehr lange zu leben habe.

»Seit ein paar Tagen trägt mein kleiner pelziger Freund hier«, er tätschelte BBQs Box, »eine Mikrokamera um den Hals.« Gabriel machte eine Pause und gab den dreien damit genügend Zeit, die Information zu verdauen. »Außerdem sind rund um die kleine Transportbox winzige Kameras angebracht.«

»Ich glaub's ja nicht«, sagte Merle kopfschüttelnd. »Von wegen Techniklegastheniker! Du hast uns die ganze Zeit über an der Nase herumgeführt.«

»Okay, dafür entschuldige ich mich.«

»Aber das ist noch nicht alles, nehme ich an«, sagte Claude und trank einen Schluck Kaffee.

»Nein, das ist noch nicht alles«, antwortete Gabriel. »Mit meinem schlauen Smartphone kann ich nicht nur Livebilder von den Kameras ansehen, ich kann auch Aufzeichnungen abspielen.«

»Verstößt das nicht gegen so ziemlich jede aktuelle Datenschutzrichtlinie?«, warf Penny ein.

»Wo kein Kläger ...«

»... da kein Richter. Schon klar«, vervollständigte Penny das Sprichwort.

Schoki nickte die ganze Zeit anerkennend. Schließlich sagte sie: »Ich fasse es nicht. Die Idee hätte glatt von mir stammen können!«

»Ich verrate euch jetzt mal was, aber das muss auf jeden Fall unter uns bleiben. Auch kein Wort zu Heinrichsen. Wenn der das erfährt, ist der Teufel los.«

Alle nickten in gespannter Erwartung, was Gabriel ihnen gleich eröffnen würde.

»Gestern, als ich mich bei Eggen für die gute Arbeit bedankt habe, habe ich einen Peilsender mit Wanze in seiner Jackentasche verschwinden lassen. Und dreimal dürft ihr raten, was das Erste war, das Eggen gestern getan hat, als er zu Hause war.«

»Jetzt rück schon raus mit der Sprache. Was?«, sagte Merle, die es vor Spannung kaum mehr auf dem Stuhl hielt.

»Er hat Otto angerufen. Zumindest gehe ich davon aus, dass er ihn angerufen hat. Vermutlich nicht von seinem Haustelefon, sodass eine Überprüfung nichts bringen wird.« Gabriel blickte zu Schoki, die schon aufspringen wollte. »Bleib sitzen, es kommt noch besser.«

»Mensch, jetzt mach es doch nicht so spannend!«, schimpfte sie.

»Im Prinzip spielt es keine Rolle, wen er angerufen hat, denn ich weiß zu jeder Zeit, wo er sich gerade aufhält. Der Peilsender, ihr erinnert euch?« Gabriel grinste in die Runde.

»Damit bist du aber ein ganz schönes Risiko eingegangen«, meinte Claude. »Was, wenn er sich umgezogen hätte?«

»Für den Fall habe ich zusätzlich einen in seiner Fototasche sowie in seiner Umhängetasche versteckt.«

»Respekt!«, sagte Schoki. »Wie bist du auf ihn gekommen? Und vor allem, wann?«

»Ich hatte von Anfang an ein komisches Gefühl bei dem Kauz und bin mir sicher, dass er sich uns nur aufgedrängt hat, weil er wissen wollte, ob und was wir wissen«, erklärte Gabriel. »Was ich bisher nicht herausgefunden habe, ist, woher er wusste, wer wir sind und dass wir überhaupt kommen würden. Entweder er verfügt über gute Kontakte in der Staatsanwaltschaft, was erklären würde, warum Jannen, Eggen und Otto so lange unter dem Radar ihren Geschäften nachgehen konnten, oder er ist ein besserer Schnüffler, als wir denken. Ich wünsche mir Letzteres.«

»Glaubst du, dass er da mit drinsteckt?«, fragte Merle.

»Vielleicht nicht von Anfang an, aber ich bin mir sicher, dass er irgendwann über Jannens Machenschaften gestolpert ist. Vielleicht hat er ihn erpresst und ihn unter Druck gesetzt. Zuzutrauen wäre es ihm.«

»Aber damit hätte er sich doch den eigenen Arm abgeschlagen«, warf Schoki ein.

»Nicht, wenn Jannen zuerst die Idee hatte, sich seines Erpressers zu entledigen.«

»Du meinst, Eggen hat herausgefunden, dass Jannen ihn aus dem Weg räumen lassen wollte?« Merle runzelte die Stirn. »So gesehen ergibt das Sinn. Jede Menge sogar. Aber warum hast du uns nicht eingeweiht?«

»Und damit riskieren, dass wir auffliegen, bevor alles in trockenen Tüchern ist?« Gabriel lachte. »Nichts für ungut. Außerdem war das ein Probelauf. Es hätte genauso gut jede Menge schieflaufen können.«

»Gibt's auf den Videos wenigstens etwas Interessantes zu sehen?«, fragte Claude aufrichtig interessiert.

»Natürlich«, sagte Gabriel und wischte auf dem Display seines Smartphones herum. Er markierte eine Datei und drückte auf *Play*.

Zu viert beugten sie sich über das Video, das in HD-Qualität abgespielt wurde. Darauf war Eggen von schräg hinten unten zu sehen, wie er vor Jannens Computer saß und Claude ungeniert auf den Hintern glotzte, während die sich nach den Ordnern auf den oberen Regalböden des Aktenschranks streckte.

»So ein Perversling!«, entfuhr es Claude.

»Warum?« Penny sah sie an. »Der Mann hat Geschmack, würde ich sagen.«

»Was hast du noch?«, fragte Merle.

»Ach, der Rest ist eher uninteressant«, winkte Gabriel ab. »Eggen hat ein paar Mails aus Jannens Posteingang gelöscht, aber das war's auch schon. Ich glaube nicht, dass Eggen so blöd war, Hendrick Jannen per Mail zu drohen. Leider ist die Schrift zu klein, als dass man mehr erkennen könnte.«

»Das sollte bei dem, was wir jetzt wissen, auch keine allzu große Rolle mehr spielen«, meinte Penny. »Ich nehme an, dass Eggen um 8 Uhr nicht auftauchen wird?«

»Damit liegst du richtig. Aktuell ist er«, sagte er und öffnete eine App auf seinem Handy, »auf dem Landweg nach Dänemark unterwegs, zwischen Braderup und Süderlügum.«

»Sollten wir ihn dann nicht besser aufhalten?«, fragte Merle.

»Keine Angst«, sagte Gabriel. »Heinrichsen hat die Kollegen in Dänemark angewiesen, nach Jannens BMW Ausschau zu halten.«

»Wie kommst du darauf, dass er in Jannens BMW unterwegs ist?«, fragte Claude.

»Ich bin mir nicht sicher, aber ich habe da so ein Gefühl. Da Jannens BMW nicht auf dem Parkplatz des Föhrer Flugplatzes stand, gehe ich davon aus, dass Otto den nach seiner Rückkehr vom *Testflug* genommen hat und damit nach Hause gefahren ist.« Gabriel holte einen Schlüssel aus seiner Hosentasche.

»Was ist das?«, fragte Claude.

»Der Ersatzschlüssel von Jannens BMW. Damit habe ich gestern auf dem Parkplatz gecheckt, ob einer der dort parkenden Fahrzeuge Jannens war. Fehlanzeige.«

»Was, wenn er seinen Wagen ganz woanders geparkt hat?«, fragte Merle.

»Das wäre natürlich auch möglich, aber würdet ihr das machen?«

Die drei nickten gleichzeitig.

»Ja klar. Ihr dürft nicht vergessen, dass Verbrecher mit der Zeit immer unvorsichtiger werden. Vielleicht hat er anfangs nicht direkt am Flugplatz geparkt. Möglich. Aber es spielt keine Rolle.« Er blickte auf die Uhrzeitanzeige auf dem Handydisplay. »Los geht's. Lasst uns die Kollegen informieren und unser restliches Zeug einpacken.«

KAPITEL VIERUNDZWANZIG

»Das war ausgezeichnete Arbeit!« Heinrichsen schüttelte ihnen der Reihe nach die Hände. »An dem Fall haben wir uns zwei Jahre lang die Zähne ausgebissen, ehe wir gezwungenermaßen die Akte schließen mussten.« Er strahlte über das ganze Gesicht.

Vermutlich sieht er sich im Geiste bereits bei seiner Beförderung zum leitenden Oberstaatsanwalt, dachte Gabriel.

»Sie müssen mir unbedingt verraten, wie Sie das gemacht haben. Unglaublich!«

»Besser Sie wissen nichts davon«, murmelte Gabriel und war froh, dass Heinrichsen ihn entweder nicht gehört oder absichtlich überhört hatte. Er tippte auf Letzteres.

»In Dänemark kam es zu einer wilden Verfolgungsjagd, wobei Eggen und sein Komplize Otto kurz nach Tondern einen Unfall hatten, den Eggen nicht überlebt hat. Otto kam mit leichten Verletzungen davon. Im Wagen haben die dänischen Kollegen eine große Reisetasche voller Bargeld und jeder Menge Drogen gefunden.

Das, in Tateinheit mit dem gemeinsam verübten Mord, dürfte dafür sorgen, dass Otto für sehr, sehr lange Zeit hinter Gitter wandert.« Heinrichsen war anzusehen, dass er den Ausgang des Falls immer noch nicht so recht verinnerlicht hatte. »Da musste erst eine Leiche auftauchen, damit wir den Fall ein für alle Mal zu den Akten legen können.«

»Schade, dass Hendrick Jannen und Hajo Eggen so glimpflich davongekommen sind«, sagte Gabriel.

»Was heißt hier schade? Sie sind tot, oder?« Heinrichsen kam zu ihm. »Wieder zwei weniger.«

»Natürlich, aber Jannen hinterlässt eine Frau.«

»Die finanziell nicht auf ihn angewiesen ist.« Heinrichsen musste immer das letzte Wort haben.

Typisch, dachte Gabriel und sparte sich eine Erwiderung, die sein Chef ohnehin wieder vom Tisch gefegt hätte.

»Wie sieht's mit ein paar Tagen Urlaub für uns alle aus?«, schlug Gabriel vor.

Heinrichsen sah ihn an und nickte. »Urlaub? Warum nicht? Klar, nehmen Sie sich ein paar Tage frei. Aber nur unter einer Bedingung.«

»Die da wäre?«

»Bleiben Sie erreichbar. Wie Sie wissen, kennt das Verbrechen keinen Urlaub.«

EPILOG

Pünktlich zu Beginn der Hauptsaison zeigte sich das Wetter von seiner besten Seite. Die Sonne strahlte vom wolkenlosen Himmel und sogar der Wind hielt sich zurück.

Als Gabriel sagte, er wolle ein paar Tage Urlaub haben, hatte er sich eigentlich etwas anderes darunter vorgestellt, aber er wollte sich nicht beklagen.

»Na, schon nervös?« Merle saß ihm am Tisch gegenüber und grinste ihn an.

»Ich und nervös?« Er schüttelte den Kopf. »Du etwa?«

»Sieht man mir das an?« Sie fasste sich an die Wangen, als sie spürte, wie ihr die Röte ins Gesicht schoss.

»Ach, Quatsch«, antwortete Gabriel. »Alles gut.«

»Danke übrigens noch mal.« Merle sah ihn mit ihren leuchtend blauen Augen an, die gefährlich funkelten.

»Danke wofür?«

»Na, dass du mitgekommen bist.«

»Aber das ist doch selbstverständlich«, antwortete er.

»Nicht für mich. Du hättest auch Nein sagen können.«

»Klar hätte ich Nein sagen können«, sagte Gabriel. »Aber dann wäre mir das alles hier entgangen.« Er machte eine weit ausholende Bewegung mit dem Arm und deutete zuletzt auf sie.

Merle schüttelte den Kopf, dann grinste sie. Nach einem letzten Blick auf die Uhr fragte sie: »Bereit?«

»Bereit, wenn du es bist.«

Ein Gong erklang und sie drehten sich zur Bühne um, auf die soeben eine elegant gekleidete Frau trat.

»Meine sehr verehrten Damen und Herren, ich heiße Sie alle recht herzlich willkommen und freue mich, dass Sie so zahlreich erschienen sind.« Die Frau strotzte vor Selbstsicherheit und strahlte eine Energie aus, die sich bis in den letzten Winkel des Saals übertrug. »Mein Name ist Kerstin Jannen, und als Schirmherrin des diesjährigen Bridgeturniers wünsche ich Ihnen allen von Herzen viel Erfolg. Ich will Sie gar nicht lange mit leeren Phrasen und einer langen Rede aufhalten – davon gibt's in der Politik schon mehr als genug.«

Nachdem die Lacher und der Applaus verklungen waren, fuhr sie fort: »Es gibt einen Punkt bei diesem Turnier, der von den vergangenen ein wenig abweicht.«

Ein Raunen ging durch die Menge.

»Ich verdopple das Preisgeld für die Plätze 1 bis 3 aus meiner eigenen Tasche.« Sie hob ihre rechte Hand, und nach einer kurzen Pause fügte sie hinzu: »Zudem werde ich den kompletten Erlös aus dem Verkauf des

Flugzeugs meines Mannes an die Gemeinde Wittdün spenden, die das Geld gleichermaßen sinnvoll und fair dorthin verteilen wird, wo es am meisten gebraucht wird.«

Die Menge applaudierte und jubelte.

»Und jetzt«, sagte Kerstin Jannen, »ziehen Sie sich warm an, denn ich bin nicht nur Schirmherrin, sondern auch eine ernst zu nehmende Gegnerin.« Sie verließ die Bühne und begab sich an ihren Tisch.

Der Gemeindesaal von Wittdün war bis auf den letzten Platz besetzt. Jeder, der etwas auf sich hielt und Bridge spielen konnte, war heute hier. Das Komitee hatte sich mit dem Schmücken außerordentlich Mühe gegeben. Bunte Girlanden hingen von der Decke und überall waren Wimpel und Fahnen aufgehängt worden. Für das diesjährige Jubiläum hatten sie sich ganz besonders ins Zeug gelegt, auch wenn dadurch alles wirkte wie im Karneval, fehlten nur noch Luftschlangen und Konfetti. Im Hintergrund lief Musik, die jedoch im allgemeinen Gemurmel und Geräuschpegel unterging. Und dann wurden die Karten gemischt und verteilt.

Wie sich schnell herausstellte, hatte die Zeit während der Überfahrt von Dagebüll nach Wittdün nicht gereicht, um die Bridgeregeln zu verinnerlichen. Aber Merle und Gabriel waren nicht zurückgekehrt, um das Preisgeld einzusacken, sondern um der Einladung ihrer Kollegen Antje Höfer und Henning Petersen zu folgen.

»Du hättest dir mal lieber einen anderen Partner ausgesucht«, sagte Gabriel zehn Minuten später.

»Was, wenn ich gar keinen anderen Partner will?«

Da war es wieder, dieses Funkeln in ihren Augen, tief wie Bergseen – unergründlich und wunderschön.

Als sie die Gemeindehalle verließen, trat Merle vor ihn und umfasste seine Hände, die sich in ihren schmalen riesig anfühlten.

»Weißt du, was mich an unserem letzten Fall stört?«, fragte sie unvermittelt.

Gabriel schluckte und schüttelte seinen Kopf.

»Wir haben eine Sache völlig vergessen«, murmelte sie.

»Ja? Haben wir das?« Er sah sie überrascht an. »Und selbst wenn, soll sich doch die Staatsanwaltschaft darum kümmern.«

»Ich glaube nicht, dass du willst, dass die sich *darum* kümmert.« Dann ging sie auf die Zehenspitzen und küsste ihn.

»Wow, was war das denn?«, fragte Gabriel, nachdem sie sich voneinander gelöst hatten, worauf er sich einen Ellbogenknuff von Merle einfing.

»Jetzt tu nicht so unschuldig«, sagte sie. »Ich wusste die ganze Zeit, was du mir sagen wolltest.«

»Du wusstest …?«, setzte er an.

»Gabe, ich mag vielleicht blond sein, aber ich bin ganz bestimmt nicht blöd.«

Sie sahen sich an und lachten.

»Das habe ich nie behauptet«, verteidigte er sich. »Wo wir gerade dabei sind«, sagte Gabriel. »Da ist noch eine weitere Sache, die wir vergessen haben.«

Jetzt war es Merle, die ihn fragend ansah.

»Du wolltest mir doch zeigen, wie man ein Smartphone bedient.« Wieder lachten beide.

»Warum hast du eigentlich nicht schon früher die

Initiative ergriffen, Merlin?«, fragte Gabriel, als sie sich auf den Weg zum Strand machten.

»Es hat sich keine passende Gelegenheit ergeben«, erwiderte sie schulterzuckend und küsste ihn ein weiteres Mal.

Dann klingelte Gabriels Handy.

»Bitte nicht«, stöhnte Merle an seinen Lippen, die die ihren verheißungsvoll umschlossen und sich weigerten, sie freizugeben.

PERSONENREGISTER

Gabriel ›Gabe‹ Behrens: Hauptkommissar beim LKA Niedersachsen. Leiter der Sonderkommission.

Merle ›Merlin‹ Winter: Oberkommissarin beim LKA Schleswig-Holstein.

Claudine ›Claude‹ Schäfer: Rechtsmedizinerin. Teil der Sonderkommission.

Shakoufeh ›Schoki‹ Gheselbash: IT-Spezialistin. Teil der Sonderkommission.

Penelope ›Penny‹ Moreau: Kommissarin und Assistentin von Gabriel Behrens. Teil der Sonderkommission.

Erno Heinrichsen: Generalstaatsanwalt von Schleswig-Holstein.

NACHWORT

Liebe Leserinnen, liebe Leser,

ich hoffe, dass euch Gabriel Behrens' und Merle Winters sechster Fall einige spannende Lesestunden beschert und euch der kriminalistische Ausflug nach Amrum gefallen hat. In meinem persönlichen Newsletter (eintragen auf www.hannahhusum.de) informiere ich euch über aktuelle Neuerscheinungen und als Dankeschön für eure Teilnahme erhaltet ihr gratis die Kurzgeschichte *Mord auf dem Campus*, die Gabriels Vorgeschichte und die erste Zusammenkunft des Teams beleuchtet.

Herzliche Grüße, Eure Hannah

Korrektorat: Jasmin Kraft

Besonderer Dank: Viktoria M. Keller

Cover: Elementi.Studio

Hannah Husum

c/o SP-Day Impressum-Service

Dr. Lutz Kreutzer

Hauptstraße 8

83395 Freilassing

Deutschland

Printed in Poland
by Amazon Fulfillment
Poland Sp. z o.o., Wrocław

48036925R00115